王偉忠：都是我朋友的事

趁我還記得，一定要寫下來的男人鳥事……

王偉忠、王蓉——著

目次 Contents

II 巴拿馬草帽

III 我的菲，有草字頭

Contents 目次

IV 有點關係，一點點關係

推薦序

色大膽小怕狗咬

陶晶瑩

男人，偉忠哥最了解，他說了算。

色大膽小怕狗咬，不偏不倚打在男人的七吋上。

如果偉忠哥生在西方，他有可能是花花公子的創辦人，或是真實生活中的鋼鐵人。

他帥氣又幽默又有才，不難想像他曾有滿山的桃花林。

不過，大部分東方的男人不像偉忠哥那麼瀟灑，大多得壓抑天性，儒家思想讓他們還得裝一裝——面如唐僧、心是八戒。再加上狗仔和爆料文化的閹割，那些名人軼事，也只能留在八、九〇年代。

聽聽都市傳說、遙想當年風花雪月，髮妻一聲吼，戴上項圈的狼（已被馴為犬）快步走向那盆飼料……分不清是咀嚼的聲音還是嘟囔。

就讓他們保有那些快樂的祕密吧。

推薦序

男人心中的小劇場

Melody

在我二十、三十、四十，人生的不同階段裡，都曾跟偉忠哥一起工作過。不知怎麼，他總是很能說服我，即便我挺個大肚子，都願意點頭答應跟他一起主持節目！

也許因為他很懂女人，也許因為我跟他的夫人小慧姐都是摩羯座的關係，偉忠哥總是知道該如何跟我溝通。

此外，偉忠哥真是個Natural story teller，天生的說故事能手。他敏銳跟幽默的觀察力，非常了解人與人之間、男女之間、親子之間的關係，好像任何事都逃不過他的法眼。

他充滿智慧和幽默感，是一個很有趣的老大哥，教會我很多東西。我在人生不同階段，都會想到他曾經跟我講過，「Melody，我告訴妳，人生如戲，戲如人生，沒錯！就是起承轉合；男女之間，就是促狹。」到現在，我覺得他說的真得沒錯，很多時刻都會想到他跟我講述人生的語氣。

他的話，是不是精闢又有深意。

這本書的書名叫《王偉忠：都是我朋友的事——趁我還記得，一定要寫下來的男人鳥事……》，就是在探索男人在想什麼，因為女人時常好奇男人在想什麼。這本書讓我發現，男人很多時候跟我們想的，真的不太一樣。

這本書講中年男人的心態，真是一針見血。

讓我再次說明，偉忠哥說，這些書都是他「朋友」的故事……至於是怎麼樣，大家自己看吧……

雖然這本書是在講男人走向中年後，怎麼看年少輕狂的自己；但看完讓我發現，其實我們都在想念那個年少輕狂的自己。

所以不只女人有少女心，男人也想回春。大家都說女人有很多小劇場，男人的，其實也不少啊！

推薦序

三個男人喝咖啡

張國立

偉忠一本風趣的口吻寫出一些男人的故事，看了，看到故事背後的另一種情緒，於是寫了這篇文章。

《三個男人喝咖啡》

三個男人在咖啡館，某個夏天的午後，落地窗外是來來往往的男女，陽光曬得柏油路飄起一股淡淡白霧。

「哇，看到沒，看到沒，它們就這樣晃過去。」

其他兩人當然看到，可是女孩的腳步太急，男人的慾望則來得稍慢。

「我以前女朋友，麗麗，你們見過，她差不多的尺寸，走起路會晃，差不多的風度。」

「麗麗？報社那個？」

「記錯了，她以前在出版社工作。」

「啊，那個麗麗，脾氣很壞，大家在酒吧聊的好好的，她動不動甩了杯子掉頭就走，分手後你不是還去行天宮感謝關老爺照顧你。」

「你們兩個別吵。」

另一個女孩經過，她穿綠色如絲綢般到小腿的窄裙，緊身的，緊得讓至少一個男人喘氣。

「年輕真好。」

「她什麼好，開服裝店的莎琳娜不就這樣。你喜歡同一型的女人，千年不變。」

「莎琳娜喔，可惜，搞不懂為什麼嫁到日本，叫她等我兩年，兩年後我不是出頭了嗎？好好的總經理夫人她等不及。」

「兩年，三十好幾的女人等不了兩年。」

「喂，你們看。」

他們看到踩在一雙高跟涼鞋上白晰的小腿，每走一步，線條隨著放鬆拉緊。

「白，女人白又健美，哎哎哎，這才性感。」

女人停在騎樓，背對咖啡館的彷彿等人。

「結實，有彈性。」

「屁股該有的模樣。」

「像不像以前你的小怡？我哈死她，偏偏礙著你，早知道——」

「別提小怡，我現在偶爾還想到她，難忘。」

「閉嘴。」

其中一人將椅子往後推的站起身，

「連我老婆你們也認不出來啊？」

男人衝出去，白皙小腿的女人嚇一跳，但顯得很高興，順男人的手指向落地玻璃內的兩個男人揮手，四人隔著玻璃揮手，月球問候冥王星，義勇兵飛彈問候葡式蛋撻。

兩個男人沉默一陣子，其中一人喝了口涼掉的咖啡說：

「其實我們的老婆也不差。」

「可是想想以前的馬子，感覺安慰。」

「安慰什麼？」

「沒白活。」

騎樓的男人拍拍老婆屁股，被老婆打了一掌，她過馬路了，台北的紅綠燈時間真長，看著倒數的阿拉伯數字，從99到——，6，5，4，3，2，轟，火箭升空。

「想到女人就想到一首歌。」

「哪首歌？」

「我多想念清晨陽光裡的你，像玫瑰想念露水。」

送走老婆的男人，用力坐下。

「你們剛才聊什麼？」

兩個人又沉默了一陣子，終究有人會打破沉默，

「我們說，謝謝以前認識的每個女人。」

「嗯。」

「有她們真好。」

「是啊，不然我們怎麼長大。」

「那首歌的第一句是不是I've down this road before?」

三人有如在腦中回憶那條人生的街道。

「謝謝她們。」

「謝謝每一個，想念她們，像——」

三人異口同聲：

「像玫瑰想念露水。」

John Prine，美國鄉村音樂歌手，於二〇二〇年因新冠肺炎病逝，享年七十六。他寫的〈I Remember Everything〉，其中一段歌詞是：

我曾經來過這條街
記得每棵樹
每一根草的莖葉
為我留著一處特別的地方
而且我記得每個城鎮
和每家旅館房間
和我寫的每首歌
用隻走調的吉他
我記得每樣事
無法忘記的事
你轉身對我微笑的樣子
在我們初識那個夜晚
而且我記得每個夜晚
你海洋般蔚藍的眼睛
我多想念清晨陽光裡的你
像玫瑰想念露水

序

燦爛、絢爛或很爛

王偉忠

我這輩人，年過六十，看偶像劇覺得可笑；但年輕人看著我們滿頭白髮，完全想像不到這些白髮也曾談過戀愛，也曾浪漫，也曾荒唐。

我們在八〇年代成長茁壯，保守中有激進、激進中有保守，無論那些愛情是燦爛、絢爛或是「很爛」，交手過程總有些趣味。

儘管物換星移，當年的燈紅酒綠、活色生香並不如煙，依舊在腦海中奔騰。想起以前，難免有點臉紅、甚至有些懷念……。當然，請記得，書裡的事，都是我朋友的事……都不是我的事！

很多男人跟我這些朋友一樣，色大膽小怕狗咬，他們在愛情上渣，卻非全渣；可是再怎麼通融，還是搆不上好男人的標準。我真心認為這樣的男人算好的，至少怕狗咬！有所節制。

但我也好奇，既然人的基本個性不會變，到底這些「渣男」是怎麼走進家庭，如何蛻變成家裡忠實的老公、可靠的老爸？還有，過去那些花兒，都到哪裡去了？……還在嗎？

也許唯一可供辨識的指標，就是豔陽天在大安森林公園，一群老頭坐在長椅上曬太陽，遠遠走來一位搖曳生姿的美人，經過眾老面前時一陣香風襲來，老頭們的視線隨著佳人移動、漸遠、漸遠……其中扭脖子扭得太久以至於轉不回來的那位，就是他了！我彷彿可以聽到他心中喟嘆，「心有餘……而力不足了！」

序
可惜不是你VS.好在不是我

王蓉

梁靜茹有首歌叫做〈可惜不是你〉，反覆吟唱著「可惜不是你，陪我到最後」，是一種在幸福中想起前任的惆悵，讓缺憾在心底咬一口。如此細膩動人又矛盾的情緒，必定發生在兩人因故分手之後，正是因為沒有機會廝守，才有思念的孳生空間。

《王偉忠：都是我朋友的事——趁我還記得，一定要寫下來的男人鳥事……》書中男女主角也曾在生命中相遇、分離，多年後想到對方、可能也會輕輕哼起這首歌，只是歌詞未必「可惜不是你」，多半會翻著白眼唱，「好在不是我，陪你到最後！」

誰一生沒遇到一兩個渣男渣女，在種種惆悵、怨恨、驚恐、詫異的情緒平息後，對於人生、對於感情，開始有了新看法，開始成長；然而「過去」從沒離去，將這些過往熟成、剖開、去骨或是撒鹽添醋，放進記憶的冰庫，偶爾拿出來看看。像夏宇的詩：

把你的影子加點鹽醃起來風乾
老的時候下酒

書裡，也許能找到你存放其中的影子。

這系列短篇小說首度曝光於王偉忠先生在蜻蜓FM APP開設的音頻節目「男人囧事」，偉忠哥提供他身邊朋友的故事，我著手撰寫。音頻發表後，總共吸引超過一千三百萬次點擊收聽，回響很熱烈，還有許多女聽眾同仇敵愾幹譙男主角！

渣男固然有害身心健康，但這世界如果少了渣男，真會少了很多可歌可泣又可笑的故事……姊妹們，乾了，下酒！

I

好久不見，老同學

01 咖啡店裡的大裙子

今天講的是我去美國定居的同學，念中的故事。

「叮咚！」

有天早上八點，我的手機傳來短信提醒聲，放下手中吹得稍涼的十穀粥，拿起手機解鎖。喔，是在美國的念中。

念中是我的大學同學，大學畢業後就去美國留學，然後在美國成家立業。

我跟他在大學時感情不錯，因為我們都喜歡克林伊斯威特主演的《荒野大鏢客》，反正那種浪漫、那種流浪、那種浪漫感，太吸引人了。其實那年頭的男孩子，每個都玩過牛仔決鬥，兩人傻子一樣背靠背，各走幾步，然後轉過身來對決。

這些西部電影把「美國情懷」在我們心中生根，也因種種因素，在我們父母心中生根，所以那個年頭只要有點能力的家庭，都想盡辦法把大學畢業的孩子送去美國，希望他們讀完書、就留下來工作，然後成家立業，當美國人，然後把全家接過去移民。不少我那輩的人皆如此，除了我。

為什麼？我當然也想去，因為家裡經濟環境不好，當年只能眼睜睜的看著朋友們上了飛機，頭也不回的飛到那個理想國度、過著想像中更理想的人生；而我，在台灣努力求生，結果反而趕上了台灣經濟起飛，有了事業，所以很多事情是人算不如天算。

後來幾次去美國觀光兼看老同學，意外發現美國也就是個普通生活的地方，而定居在那邊的他們，也就過著普通的生活，也要養家活口揹房貸。念中算是裡面過的比較好的，趕上高科技投資熱潮，賺了不少錢，有錢就有膽，講起話來自然比較大聲。不過，幾十年來他的個性沒改，其中最有特色的，就是小氣。念中對錢錙銖必較，有回他帶我去PUB喝酒，買單時他付了錢，我很訝異的說：「哇！跟你同學這麼久，第一次被你請客！」

念中說，「沒事沒事，我只是還沒跟你要錢！」不過，那是他開玩笑，那次到美國真的是他請客。唉呦！台灣有句諺語是「牛牽到北京還是牛！」念中這頭吝嗇牛，到了美國，還是牛！

回歸主題，念中在短信裡拜託我幫忙找個人——大裙子。

大裙子，一看到這個名字，所有大學的記憶全回來了。

我們那時候不流行說什麼「系花」，只會說這馬子很正；不過，大裙子就是這種系花等級的女孩。我跟念中都是南部小孩，總覺得南方的女孩很淳樸，整天扯開喉嚨大聲說話，一點都不神祕。

我們著迷的是台北女孩，她們多半皮膚很白，而且身上有種奇妙的香味，每次走過她們身邊，我們就死命的吸，假裝走直線往前走，其實整個人歪到恨不得貼上去摸摸她們的……頭髮絲，如果能承蒙她們的大眼睛瞟我們一眼，就烈火焚身了。

大裙子更是所有同學公認的清秀佳人。我們大學時期正流行喇叭褲、迷你裙，滿街女孩子不是穿著上窄下寬、極長的喇叭褲，把鞋子蓋起來，就是穿極短的迷你裙，一窩蜂的流行當中，更顯得大裙子可貴。因為她不一樣，流行跟她沒什麼關係，她有自己的風格，天天穿個大裙子上學，所以我們私下幫她起了「大裙子」這個綽號。

她氣質很好，看得出家教很好，是公主型的女孩卻沒有公主病。長長的鵝蛋臉，還有點小雀斑，那時候看美國電影，女主角臉上會出現一些些雀斑，所以我們覺得她臉上出現的雀斑非但不是瑕疵，反而是極迷人的特色。

大裙子臉上有種似笑非笑的神情，她話不多，但講話的聲音很好聽，聲音不大，可是足以讓大家都靜下來聽她講話。瘦瘦的，身材高挑、腿很長。

記得大學的時候，我跟念中等人聊過對大裙子的看法，有個朋友問我們，他對大裙子的身材研究很久，只是不知道到底是大胸部讓她腰看起來這麼細，還是纖細的腰讓她胸部顯得很大。結果這個人被我們押在地上打，覺得他簡直汙穢、齷齪，怎麼可以褻瀆女神還研究她的胸部大不大。

躺在地上的同學哀號著說，他只是說說而已！

但在我們心中，就算是說說也不行！我們自動成為大裙子的護衛隊，不容許旁人對她不禮貌。

有時她上衣領口大了點，一彎腰，不小心會春光外洩，但我們也不允許偷看她的乳房，再想看，也會自動把眼神轉到旁處，還會檢查誰敢偷看！

沒辦法，在她面前我們都想成為更好的自己，想當個美國電影裡風度翩翩的紳士，或是騎著快馬的牛仔，再遠也一定會趕到她身邊、保護她，讓她幸福快樂。但我們心理都清楚知道，當時的自己只是個配不上她的臭小子。

我們會這麼自卑，是因為聽說大裙子家境很好，從小學芭蕾、彈鋼琴，走起路來的姿態跟旁人不一樣，手長腳長，光走路就像在跳舞，每次走在她身邊的女同學特別吃虧，一個個看起來都像小姐的跟班。天鵝湖裡面就一隻天鵝能跳舞，其他旁邊的，都跑龍套的！

大裙子最美的是腿，纖長但不瘦弱，線條很美，可惜她總穿著大裙子蓋住美腿，偶爾驚鴻一瞥，讓男生很難移開目光。不過我這人很奇怪，很注意人家的腳踝。她的腳踝也極美，有次我遠遠看到她，穿著一身白色的洋裝。說穿了，那時候女大學生通常都這樣打扮，白色洋裝長頭髮，其實看多了感覺俗氣；不過，真沒有人能像她能穿白色，穿的那麼白！不像我們穿白色，看起來都像黃色！

她那天，脫了鞋在草地上示範芭蕾的基本動作給其他的女同學看，青綠的草地上，她的腳丫美的像玉一樣，一點瑕疵都沒有，腳趾頭根根分明。我知道每個人的腳趾頭都根根分明，不是像鴨子會長蹼，不過，大裙子的腳指頭看起來非常的……性感，這發現讓我好罪惡，我怎麼可以偷看大裙子的腳趾！

不知道念中是怎麼開始跟大裙子建立交情，後來我有時看到兩人並肩走在校園裡，說說笑笑的，那時候我還是個純情少男，相信他們之間是純友誼。因為我知道念中跟我一樣不敢靠她靠得太近，深怕萬一表現太激烈、太熱情、太主動，會嚇跑她，讓我們終身後悔莫及。

「叮咚！」

正當我回想到這些事情，念中的短信又來了，他希望我動用一切人脈，他知道我跟警方高層也很熟。我忍不住打電話問他。

「要找警察？怎麼啦？」

「拜託了！兄弟，我真的很想，很想，很想再見她一面。如果我生病，活不久了，找到大裙子就會是我這輩子唯一心願。求你了，兄弟。」

「生病？」

「沒有啦！我是說如果，如果，不過，為什麼非要生重病才能找她呢？拜託你現在就幫我這個忙，那我就不用生病了！我真的很想看看她。拜託，下回你來美國打球，我全程招待！」

「只招待打球？還是包吃包住？」

「包吃包住！……可以，不過機票你自己付！」

念中這吝嗇鬼，不過對他來說，這已經是空前絕後、超級大方！但是，為什麼他這麼想見大裙子一面呢？難道單純只是因為……思念一個很久不見的老同學？

「我說，他媽的，她也五十多了！你到底為什麼飄洋過海找一個半老徐娘？」

「我為什麼找她？因為，我不知道為什麼到現在還不找她！」

念中說，他在美國奮鬥了三十年，結婚、生子、現在小有資產，但是，無論在任何地方，他常想到大裙子。

我說，你他媽的也太無聊了吧！你老婆可是陪著你過了一輩子，從窮小子拼到現在，你卻他媽的老想著大裙子！

念中說，「哎呀你不懂！」

我是真的不懂。

他說當年在美國，手上只有爸爸媽媽存了一輩子的少少積蓄，全讓他帶去美國，所以他只能成功不能失敗。除了念書、還要瘋狂打工付房租付學費，凡事節省，任何花錢的慾望想都不能想！所以當他認識未來老婆不久，就向老婆求婚，念中說，他太太一直以為念中對她一見鍾情，實際上有個不能說的理由，就是「兩人一起生活比較省」！

因此在結婚典禮上，念中想著，如果跟大裙子結婚，會不會更好？

有段時間，念中開的小公司垮了，太太為了債務跟他冷戰，他想，大裙子如果在他身邊，會不會更鼓勵他追逐夢想，他會不會因此而更勇敢？

後來念中還清負債，靠著飆漲的高科技股票存下第一桶金的時候，他想，如果能跟大裙子一起擁有這些，就人生無憾了！總之，任何時間，他都會想到，如果是大裙子……

他甚至開個馬場，想在美國一圓「荒野大鏢客」西部片的夢。十年前到美國看他，他送我一條手環，皮編的，其實很土。念中說他記得我們年輕的時候都喜歡牛仔，我記得那時候他很得意的說，「這有牛仔味吧！送你！」

這都是念中當年浪漫情懷的紀念品，他養了十幾匹馬，常在社群網絡上貼出他戴頂牛仔帽騎馬的照片，還放些小跑的影片，看得出臉上的神采飛揚。有次他寄了一段騎馬影片給我看，上面還寫著，「如果大裙子看到現在的我，應該覺得我跟克林伊斯威特、保羅紐曼一樣帥吧！」

他奮鬥、嚮往的一切，似乎都是一個獎杯，一個想獻給大裙子看的獎杯。

我說，可是陪著你流汗流淚的是你老婆！你不要頭昏了！

念中說，他也不是故意要這個樣子，可是老婆是老婆，大裙子，卻是大裙子啊！

這亂七八糟的，我聽了半天也不知道問題的癥結在哪，後來靈光乍現，唉！就是人生什麼都有了，現在，念中想要找回青春！

而他的青春，都想著大裙子，難怪想找出當年心目中的女神，完成當年沒完成的夢想。

我猜念中覺得自己終於配得上大裙子了，想給大裙子看看現在的自己，這個充滿自信、荷包滿滿、腰桿挺直但有點大肚子的中年男人！他只想知道，自己還有沒有機會。就像雖然有個溫暖的家，但還是夢想著要去度個小假。

目前這個社群時代，找人已經比歷史上任何一個朝代方便，我找了個資訊達人，給他大裙子的姓名、年齡，還有一張念中傳給我的陳年照片，讓他網絡搜尋。

不久，還真找來一個電話號碼。我想了想，這電話不該由我打。

因為老子說，沒壞的東西就不需要改，這件事情與我基本上無關，儘管我對她真的很好奇，但這不是我該管的事情。

傳短信給念中，告訴他，有大裙子的電話了。

他在美國大半夜，立刻打電話給我，迫切的就像剛談戀愛的小伙子！

「真找到了！」

我嘆了口氣，唉！找到她之後，不知道是誰的世界要垮了！「你真的想見她嗎？」

念中給了我無數髒話外加無數肯定的答案。

我問，「你到底跟人家怎麼了？難道你親了她？還是還是！」

男人之間會對於自己喜歡的女孩產生莫名其妙的疆域概念，即使那個疆域根本沒有插上我的名字。

「沒有，我哪敢，我只敢陪著她搭公車，但是！」念中帶著驕傲的口氣說，「有次車子緊急煞車！那一瞬間我抓到她的手，還不小心碰到了她的，她的……胸部下緣……」

什麼胸部下緣，這什麼東西啊！聽念中這麼文謅謅的說話，真的很不舒服。

「我告訴你，我感覺到波動！」

唉。

「就這波動讓你念念不忘？」

念中的答案也讓我念念不忘，「對，這就是心動的感覺啊！」

我呸！

我立刻把電話號碼傳給他，告訴他不要告訴任何人，號碼是我給的，請他自己去心動吧！

大概半個月後，秋高氣爽的一天，接到了他的電話。

「我回來了。」

「你回來了！」

「對啊！你給我號碼之後，我就立刻打，我們約好要見面。我告訴她，到了台北之後打給她。」

「她聽起來怎麼樣？」

「多半都我說，她聽，她說她離婚了！個性不合。」

「那她知道你暗戀她這麼久嗎？」

「我沒說，只說好久沒見到她，剛好遇到老同學，就打聽了一下，想跟她問個好。」

「她有問是誰給的號碼嗎？」

「沒，她就問我在美國做什麼，幾個小孩，這些而已。她還向我要了臉書帳號，想看看我現在長什麼樣子……你說，她是不是對我有意思！」

「我又不是她，我哪知道？那你邀她出來，她立刻答應嗎？」

「我說，等我回台灣的時候出來聚聚，她就立刻說好啊，沒問題！」

「立刻？這有點奇怪，跟大家這麼久沒聯絡，可是你一找她、她就說沒問題，一定有問題！」

「唉呦你少來，他媽的，嫉妒我可以見到暗戀的人喔！」

「我嫉妒你幹什麼？她聽起來怎麼樣？」

「講話慢慢的，跟過去的印象不太一樣，但是，我也不記得她以前怎麼說話了。」

接下來念中反覆跟我討論該跟她約在哪裡，怎麼約，做些什麼事情才好，儼然是個情竇初開、不知道該怎麼追女孩的少年。

「你幹嘛那麼緊張？」

「哎呀你不懂！我上次約會是一九八二年！」

「少來這套！」

「你知道，大裙子不是一般女人！」

接下來念中說他對台北實在不熟，要我幫他找個可以見面的地方。

好吧！義不容辭。隔天，我開著車，到他住的旅館接他。

哎呀，念中這次看起來，跟我上次在美國看他不一樣，容光煥發，頗有喜上眉稍、天涼好個秋的愉悅感，眼角笑的、嘴角笑的，整張臉都笑的喜孜孜。簡單來說，像個戀愛中的小伙子，魚尾紋都在笑！

「他媽的你回春啦！」

「呵呵呵！」

念中談起跟大裙子的「約會」，眼神像個小伙子躍躍欲試，既緊張又興奮。我想了一下，說，「不如你就約在旅館樓下咖啡廳吧！省事！」

但他立刻拒絕，「不行啦！這樣她以為我存著什麼心！」

「你本來就對他存什麼心！搞不好她期待你邀她上樓去！」

「怎麼可能！大裙子！你不要講這種褻瀆女神的話！你也知道她不是這樣的人。」

「也是，我猜她當年一定是處女。」

「我猜也是。對了，那時候我聽說處女的鼻頭是一整個尖的，不是處女的，鼻頭骨頭會分開，大學那時候一聽到這個傳聞，我還很認真的看了她的鼻子！」

「大概只有你這個南部來的處男土包子會相信處女膜長在鼻子上！哈哈哈。對了，你老婆沒一塊來？」

「我怎麼可能讓她跟？這是懷舊之旅！」

「你跟她說啦？」

「怎麼可能？我沒那麼笨！我說，這次要來談生意。」

「跟誰？」

「跟你！」

「你跟我有什麼生意好談？」

「那不重要！對了，我告訴她，這回機票是你買的，因為機票臨時買太貴了！她一定會起疑心！我還真沒買過這麼貴的票！所以記好，不要穿幫！」

「這雞毛蒜皮誰記得住！」

車子開到了東區，台北東區算是這三十年比較熱鬧的區域，但最近幾年，不像過去那麼紅。這樣也好，因為巷子裡有些還不錯的特色小咖啡店。

「這些都是現在網紅喜歡的店，拍照很好看。不過，你們兩個加起來一百多歲，不適合這裡！」我擔心周圍的人都忙著自拍，就他們倆對坐、喝咖啡，氣氛會很怪，恐怕有點尷尬。

「那千萬不要！我很怕跟她沒話可講，環境一定要舒服、能放鬆、最好暗一點！」

離開東區，開到了西區，觀光客人潮立刻出現，中華路的街口都是人。

「這不是西門町？以前中華商場呢？」

「早拆了！」

「哇！我以為這裡早沒落了！沒想到還這麼多人！這裡不錯啊！我以前常陪大裙子來

這裡轉車，太好了，這裡好，我們可以一起去看看記憶中的老店，再吃一碗油豆腐細粉跟餡餅！點心世界呢？」

西門町在我們讀書的時候就是台北的鬧區，過去很紅，我相信兩人應該有不少回憶，不過當年我們逛的中華商場早拆了，那些賣蔥油餅、牛肉餡餅、小米粥的小店，早不知去向，想找油豆腐細粉，就怕沒那個味道了！點心世界也早搬了！

「我看你們在這裡還是很尷尬，這裡的老店……，我看還及格的就是老天祿的滷味，可是你們要氣氛，能跟觀光客人擠人排隊嗎？」

「老天祿啊！我還記得鴨舌頭很好吃，但大裙子像仙女一樣，絕對不會吃鴨舌頭！換個地方吧！」

台北的好處就是每個區都不遠，而且這些年捷運蓋好之後，路上很少塞車。南區比較像是文教區，很多大學，卻沒有什麼氣氛好店，想了半天我說，你就隨便找一家星巴克吧！不會太差！

念中反對，他說，在連鎖店見面，就像約會吃麥當勞一樣，沒創意也沒魔力。他希望能找到一個地方，一個時光停駐的地方。

時光停駐！我忽然想到了老樹咖啡，一家位在新生南路、濟南路上的老店，有著老派的咖啡吧台、虹吸式咖啡壺，而且服務生還打領帶。

老樹咖啡是台北咖啡店的領頭羊，已經開設超過三十年，裝潢走沉穩的木質風格，木頭吧台、桌椅，裡面的客人多半是五六十歲的老客人，以前股市收盤之後，大家會在這裡喝咖啡聊明牌，非常熱鬧。現在還是生意不錯，儘管大街小巷多了很多咖啡店，老客人還是喜歡這裡沉穩、雋永的味道，坐在裡面，透過大窗戶看看街景，聊聊天，然後拿起骨瓷杯啜飲一口略帶苦味的咖啡，太適合久別重逢的熟年男女互訴心事。

念中拍了他的大腿，「好，就這裡，太好了！那接下來該怎麼安排呢？」

如果你要見三十年不見的大學女神同學，會怎麼安排這一天？

喝咖啡簡單，但是之後呢？該吃飯？還是該出去走走？到時候到底氣氛怎麼樣？是飄洋過海來看你？還是話不投機半句多？

「這樣吧！」我告訴念中，「這事你得自己面對，但我們保持些彈性，多擬些雨天方案備用。」

「怎麼說？」

「下午兩點，你去老樹咖啡，我在旁邊stand by，等著接你，如果三點打給我，代表完全沒戲！趕快翹頭、可以走了！如果六點打給我，代表還可以聊聊，但是不必吃飯了！如果八點打給我，代表感覺不錯，吃個晚飯，夠了！不必續攤了！如果八點半還沒打給我，代表真有搞頭，那你們就自便，我呢，就不等你了！去造孽吧！」

「那萬一，萬一不是我想的那樣呢？萬一她就變成個阿姨了呢？」

「唉呦你趕快跑啊！立刻打給我！但我想，應該不會，你們應該還有點搞頭！」

「為什麼？」

「你看，你一問，她就答應，肯定對你也是念念不忘，如果變形了，應該不會想跟老同學見面！」

「是這樣嗎？」

「到時候你就知道了，所以記得，三點！六點！八點！八點半！每個點的任務都不一樣，接著，我可就不理你了！」

「好！」我這朋友念中，臉上出現了難得一見的青春光彩，哎呀！牛仔終於要出任務啦！

隔天，我親自送念中「出征」，但我一看到他、嚇一跳，他居然穿POLO衫現身、領子還立起來，活像個受威脅就會張大頸部薄膜的傘蜥蜴！我立刻打叉，要他回房間換衣服。

「這樣不好嗎？」

「你真認為女人會喜歡穿polo衫的男人？拜託！換件衣服吧！」

「那我該穿什麼？」念中忽然方寸大亂，像第一次約會的小孩一樣。

我說，「簡單點，你就穿個白襯衫，打開領子，不打領帶，瀟灑、漂撇，台灣人閩南話講漂撇，就是瀟灑！」

他趕緊上去換了件白襯衫，配條牛仔褲，唉呦好多了，我說，「你這襯衫不錯，但是請你不要塞在牛仔褲裡面，這樣顯得腿短！」

「西部片牛仔都這樣穿！」

「人家是西方人，比例不一樣！拉出來來出來！」

念中拉出襯衫，「你看，這樣好多了吧！」

念中吸了一口氣說，「好啦！咱們出征！」

送念中到老樹咖啡的門口，我像叮嚀兒子一樣提醒他，「記得，三點、六點，或是八點！搶灘不成，我馬上接你回家！」

離開後，我也跟著緊張了起來。三點，沒來電話；六點，沒來電話；一路等到八點，還是沒消息。我想，大概熟男熟女非常來電，壓根沒空理我，所以我乾脆上街晃蕩，九點半，電話居然響了。

「怎麼啦？」

「來接我吧！見面再聊！」

奇怪，念中的聲音聽起來有點沮喪。

我馬上開車去老樹咖啡，老遠看到念中，奇怪，幾小時不見，他看起來比中午老了些。頭上白髮的密度、已經遮不住退後的髮線，手上還提了個礙眼的紅白塑膠袋，裡面好像放了個鳳梨酥之類的禮盒。他默默上了車，感覺少了些靈魂。

「怎麼啦？要不要帶你去喝點酒？」

「不要啦！你靠邊！」

「怎麼了？」

「你靠邊，你不是想知道？我慢慢說給你聽。」

我把車子靠在路邊，他默默的看著窗外，臨沂街原本車就不多，秋天的夜晚還下了點小雨，一片樹葉飄落在我的擋風玻璃上，更顯幾分淒涼。一時之間，我居然不知道該怎麼盤問，先看了他手上用紅包塑膠袋裝的鳳梨酥。

「這是……她送的？」

「對！我才想到忘了帶禮物給她！」

「怎麼用塑膠袋呢？以前大裙子很講究的女孩子！」

「可能順手吧！」

「吃飯了？」

「吃了！」

「吃什麼？」

「就隨便吃點東西！」

「這麼隨便？」

「我問她想吃什麼，她說，吃什麼都沒關係，我們好好聊聊比較重要！」

「喔！」

念中說，「我說的笑話她都笑，很有得聊！她問了很多我當年在美國的生活，還有現在的狀況，她真的很關心我！」

「那有什麼問題呢？她變形了？」

「沒有，還是很漂亮，看著她笑笑的眼睛，我的心就狂跳！所以我就問她了！」

「問什麼？」

「我說，聽說妳離婚了？」

「然後呢？」

「她就說了後來的狀況，她說離婚之後，有時候一個人覺得很寂寞……，有時候會覺得人生是不是就這樣了……」

「這就是暗示了！」

念中說，「我也這麼想，她還說，聽朋友說我混的不錯，所以來看看我。我就鼓起勇氣告訴她，這些年常常想到她，很希望她過得好！她聽了好感動。」

「聽起來都很好啊！到底，到底怎麼了呢？」

「我又問她了一句！」

「你直接說吧！急死我了！」

「我問她，那吃完飯，她有沒有想要去哪裡？結果她說，去哪裡都可以！我的天啊！」

我感覺到念中很久沒有激動的小兄弟，應該整個「端～」的，要變成荒野大鏢客。

「他媽的！去哪裡都可以！我真不敢相信，大裙子居然給你大綠燈！」

我已經感覺到，念中該充血的地方已經劍拔弩張、呼之欲出了，這實在讓我太驚訝了！大裙子，我們當年心目中的清純女神、柔弱的仙女，居然會這麼主動，開著綠燈要念中油門踩到底！

「那後來呢？」

「她說，我想問你一件事情……」

「哇……這麼主動出擊？」

我似乎看到兩個牛仔，一個是大裙子、一個是念中，兩人背靠背準備決戰，兩人都向前走了三步，大裙子回過頭，念中回過頭，兩人舉起手中的槍，眼看期待以久的愛火就要「砰」的爆發。

念中說，「我那時心臟怦怦跳，臉上不動聲色的說，沒問題，什麼都可以問！我本來想摸摸她的小手，結果她反而過來碰了碰我的手！」

哇！沒想到是女牛仔開槍了！砰！

「她說，看你做的不錯，臉書上，你還有個養豬場！」

「不是啦！是馬場～」

「我，我想問你，」

念中立刻回，「問，什麼都能問！」

「我，最近比較困難，你能不能借我點錢……」

女牛仔按下扳機，「轟！」原來她拿的不是左輪手槍，而是散彈槍，把我們念中這個傻牛仔轟得是體無完膚、飛灰湮滅！

因為對吝嗇小氣的念中來說，借錢，是天底下最惡毒的話！把他這麼多年的夢打成齏粉，真像一首歌的歌詞所說「相見不如懷念」。

認識念中太久，我能理解他的悲哀，他看著窗外，秋風透過半開的車窗、吹拂他的臉，他花白髮絲微微飄動。我看著他的側面，意外發現臉上所有線條瞬間垮了，眼眶似乎有一點點閃爍淚光，一輩子的幻想、一輩子的期待，在此刻破滅，萬念俱灰。

一個小伙子，打開了龍宮寶盒，轟的一聲化為清煙，小伙子又變成老頭子。

他停頓半晌，忽然開口，「去喝一杯吧！」

「好啊！誰請客？」

「我我我，這次我請客。」

那天晚上，我們兩個人喝個大醉，走時，大裙子送的鳳梨酥也沒有帶走。

但他第二天起來又是一條好漢，打電話要我帶他去台北附近走走逛逛，繼續懷舊之旅，他也請我幫他改機票，決定提早兩天回美國。

又過了幾年，念中還是會在半年前預定機票、昭告天下他要回台灣看看老朋友，只是他懷舊的對象，再也不是大裙子，而是南門市場的金峰魯肉飯。

這些，都是我朋友發生的事兒！這是念中，和大裙子的故事。

02 藍色小藥丸

大家都聽過藍色小藥丸，大陸還有偉哥等等。這藥丸的功效，我就不說了，但打從藍色小藥丸出現，製造我朋友們很多困擾，尤其我那個經營「心靈成長」發大財的損友，他叫老皮。

老皮這人，說穿了就是個騙子，但在他賣什麼賠什麼的人生低潮期，一個熱心的朋友拉他去聽了場心靈成長演講，一聽，當場老皮感動得老淚縱橫。他朋友看了也感動，認為自己日行一善，真啟發老皮的心靈，像講師口中所說的這個故事：

有位老先生在海邊散步，遇到個小女孩。女孩忙著撿起沙灘上的東西往海裡扔，老先生問，「你在做什麼？」小女孩攤開手掌說：「你看，海星，明天太陽出來，牠沒回到海裡，就曬死了，所以我送牠們回家。」老頭笑著說：「小妹妹別傻了，這海灘上海星這麼多，妳能救活幾個？」小女孩又撿起一隻海星，丟向海中，然後說：「我知道不可能救活所有的海星，但當我撿起這一隻、丟進海裡，我已經改變『牠』的命運。」

老皮的朋友覺得自己正救起了老皮這隻老海星，徹底改變了老皮的命運！殊不知老皮的眼淚是悔恨自己竟然這麼晚才發現天底下竟然有心靈成長這一行，如果他早點知道能靠唬人來賺錢，豈不早就功成名就了！他的眼淚，是悔恨自己開悟太晚！

一離開會場，老皮立刻複製仿效，開設自己的心靈成長課程，用兩年的時間經營、抄襲；喔不，改良課程內容，真給他拼出了一套昂貴課程體系，還有一個不斷擴大、死心塌地的學員團體。

頂著「心靈導師」的包裝，老皮連打扮都改了，以前整天穿個短褲、夾腳拖，說是「夏威夷度假風」，其實就是台客夜市風；當「老師」之後，總是襯衫加長褲，襯衫還會捲起袖子，也不穿夾腳拖，改穿雅痞皮鞋，營造「我會做事」的幹練風格，握手力道與笑容角度都在千百次演練之後更加熟練。有回見到他，笑他現在走的是「有為政客」風，他說，有為，當然有為，現在他只希望別陽痿！

老皮話題一轉，提起近期還真有不少年輕女孩把老皮當做師父，希望跟他私下「聊一聊」。

我壓根不想知道他的風流韻事，因為經過這些年的心靈成長兼口才訓練，老皮口中的故事九成九是假的，但經過他的包裝，任何沒有參考價值的廢話，加上「實踐夢想」、「建立自信」、「發揮自己的潛能」，都能聽起來像史詩，難怪涉世未深的女孩們會覺得他很有魅力。

老皮說，「你也知道，年輕的時候可以提槍就上，現在，我們這把年紀，眼前就算有個漂亮女孩子看起來再心動，也不敢行動！」

我說，「這麼怕太太？」

「當然不想讓她知道，但我更擔心萬一臨陣……力不從心，就丟大臉了！」

老皮解釋，這事，以前對他來說，是個有趣的雙人遊戲，你來我往的，互相探索，但現在已經像考試，而且根本不知道今天要考哪一科，會在哪一點潰敗……

越擔心、壓力越大、越沒辦法。於是他加倍潔身自愛。

老皮也想過吃藥，但他說自己在人生的這個階段，好不容易成為個「社會賢達」、怎麼說都是有頭有臉的人物，怎麼可能親自去藥局跟店員說，我要買威而鋼！他開不了這個口。而且，現在爆料風氣這麼盛，萬一遇到認出他的人，拍了他買威而鋼的畫面PO上網，加上一行標題，「心靈成長大師借助藥力讓小弟弟成長」，那該怎麼辦？

哎呀！想想，這確實是兩難處境，不買呢？全身肌肉有個地方，就硬不起來！重要時刻面子掛不住；但要開口買藥，像是跟陌生人說，「我陽痿！」面子還是掛不住。

後來老皮想到可以託人處理，而且此人就在燈火闌珊處。

老皮有個不成才的表弟，一把年紀還是事業無成，總伸手向他借錢週轉、而且從不還款，等老皮事業發達之後，乾脆付薪水請表弟當自己的司機，也算就近看管。

這表弟，讓老皮的人生從黑白變彩色，因為表弟總有取之不盡的色情影片可看，每天發個兩三則給他，有時候是日本人、有時候是美國人、有時候還是台灣人，讓老皮讚嘆科技的進步，以前還要偷偷摸摸躲著看的東西，現在像自來水一樣，打開手機就有，只要表弟在身旁，他就能博覽「全球」風光。

有這麼好的表弟，當然要好好運用，老皮決定派表弟去買藥。

但第一次開口還是有點難。老皮看著表弟，「你……」唉！開不了口。

老皮覺得自己在表弟心中應該有著高等生物的地位，如果開了這個口，那不就承認自己……。

隔了幾天，他又「你……」

表弟忍不住了，「哥，你到底有什麼事情？」

「我想……託你去買個東西……」

「好啊！什麼東西？」

「就是那個……那個……」

老皮越結巴，表弟越投入。「名字想不起來？買票？球鞋？還是要排隊的什麼？」

「威……威……」

「喂？喔！iphone？新的嗎？現在不用排隊啦！」

「不是啦！威而剛啦！」

「喔！」

表弟看了看老皮，臉上露出了莫測高深的笑容。「哥啊！放心，我嘴巴很緊的！」

總算說出口，老皮頓時放心下來，又恢復了本色！「我做事還怕誰知道啊！別告訴你表嫂就好！」

沒多久，表弟完成任務，真買到藥，還帶回藥局的叮嚀，第一次只能吃半顆，看看身體能不能接受。

老皮問表弟，「你買的時候怎麼說的？沒有處方箋也能買嗎？」

表弟說，「藥局問都不問，只說加入會員還能買十顆打九折！不過……」

老皮緊張的問，「不過什麼？」

表弟說，「我買藥的時候，藥師還是個女的，我覺得她的眼神帶著評價！」

老皮說，「哎呀！不會吧！」

表弟說，「在那個眼神底下，我的男性自尊受傷很嚴重，哥，你得付我遮羞費！」

老皮丟給他一千塊，說，「去你的！快把藥切一切，半顆給你！」

表弟收下一千，立刻說：「不必了！你少侮辱我的體能！」可是離開前，老皮注意到他神不知鬼不覺，還是把半顆藥給帶走了。

我們這群朋友都很好奇老皮的實驗結果，紛紛追問藥效如何？老皮壓低聲音說，「真的很神奇，精氣神都回來了！我小弟從沒這麼神氣過！」

我問，小弟，是你表弟？還是你的小弟弟？

老皮說，當然是後者。

他說，這藥效果很好，可是不會立刻見效，大概需要一個小時左右才開始有反應，但反應一起來就不停，感覺血液循環變好！後來他研究了一下，這藥本來就是治療心血管疾病的藥物，後來醫生發現副作用是讓男人金槍不倒；如今，副作用變成了藥效，吃下去讓他覺得回復了十七八歲小伙子的狀態，可惜沒有對手讓他試試實戰狀況。所以老皮心中有了盤算，第二次試藥的時候，一定真槍實彈！

老皮是有太太的，但他不想在太太身上「試車」，理由很簡單，老夫老妻了，一切都有固定的SOP，到最後一切從簡，兩人握握手，就算親熱了！

如果讓太太知道自己買了小藥丸，肯定會引起家庭風暴，太太一定連環追問，「你買了幾顆？為什麼要買？你有什麼不滿足？你是不是偷吃？」搞不好直接把他買的藥鎖進保險櫃、整天盤點，絕對吵不完！

但老皮覺得更可怕的是另一種結果，老婆會時不時拿出藥說，「快吃～我們好久沒作功課了！」光想到這些可怕的後遺症，就嚇壞老皮，更堅定他相關實驗一定要背著太太進行的決心。

但藥丸生效要一段時間，如果跟對象寬衣解帶了才吃，絕對來不及！這讓老皮很苦惱，什麼時候吃、在哪吃，都很重要。萬一太早吃，藥效發作，好比還在跟對象吃晚餐、喝小酒培養情緒，自己的小弟弟卻已經「端」起來了，走路都沒辦法遮掩、而且還屹立不搖，這就太尷尬。

老皮他花了番功夫進行沙盤推演，剛擬定計畫，有位女學員主動約老皮「課後輔導」。她告訴老皮，自己預約了一家位在北投的老字號、日本風格的溫泉飯店，聽說裡面的溫泉是源頭、而且含礦量特別高，有極高的負離子，別處都找不到這麼好的溫泉水源，很適合修靈性。

女學員說，她上回聽到老皮提起，課後輔導最好在早上九點左右，這個時候靈性最清淨，最好能在乾淨、水氣豐富的地方，而且人要少，越靈氣！所以她就為老師安排了這一切。

老皮一聽到北投，立刻喜上眉稍。

北投，是台北歷史最悠久、出名的溫柔鄉，以前可以叫機車送來漂亮的女人與好吃的酒家菜，而且還有全台灣最厲害的那卡西師傅，就是樂隊老師，就算音痴來唱歌，他也有辦法伴奏、讓演唱者覺得自己唱得跟張學友一樣好！現在當然沒有快遞漂亮女人的服務，會抓的！但是那卡西與酒家菜都還在，很多觀光客都會慕名來洗一洗台灣式溫泉。

在諸多溫泉當中，女學員安排的這間日本溫泉旅館，裡面以高檔的日式陳設出名，除了溫泉水質特別好，還有全台北最好、最有創意的溫泉美食。服務生不見得都是大美女，但每位都經過特別訓練，禮節周到，融合日本式的婉約與台灣式的貼心，知道什麼該問、什麼不該問；而且除了出入口，還有一個隱密通道，女學員很仔細的告訴老皮該怎麼進入旅館，不會引起旁人注意。

老皮連忙稱讚女學員用心、有靈氣，如果洗了溫泉，經過他開導，靈氣更不得了！他強調負離子高的地方，靈氣好，對於開發潛能有格外優良的助力；他還讚美女學員的認真，強調他們是正正當當的心靈成長課後輔導課程，不必擔心別人看到。

老皮告訴女學員，靈性的世界講究緣與分，一切都要因緣具足，他絕對不會強迫女學員做她不願意做的事情；但老皮也說，有時候，挑戰自我極限，可以創造更大的空間，讓自己內在自由！freedom～。

女學員聽了加倍感動，一直感謝老皮這幾個月的帶領，還願意對她一對一特別指導，女學員說，「老師，我願意接受你的帶領，去做各種挑戰，我一定可以開創出更好的自我！」她覺得自己內在的已經有了翻天覆地的改變，老皮想到馬上可以真實的進入她的「內在」，頓時心癢難耐，恨不得立刻吞了藥去找她。

隔天，老皮算好時間八點出門，出門前，他關在廁所裡偷偷吞下了一整顆藥丸。不料老婆提早起床，奇怪老皮怎麼這麼早就要出門？老皮心中早有備案，告訴老婆自己要去立法院，跟院長談一個教育合作案，打算幫所有立法委員上課，保證讓台灣的立法品質大增、讓立法院不再打架。老婆也沒疑心，只說如果這課程能成功，也是一件功德！

老皮搭電梯下樓時，看到窗外下起小雨，想著一個小時之後，他就可以在北投聽著雨聲、泡著熱湯，手裡摸著年輕的妹子來個課後輔導。這麼年輕的女孩通常都很敢玩，還願意挑戰極限，自己又吃了藥，一定可以完成很多不可能的任務，忍不住開心、奸笑了起來。

到了溫泉旅館，女學員見了他就鞠躬，引導他往房間走去。然後，就像老皮心中規劃的一樣，當他提出兩人可以同時在溫泉內淨心的建議，女學員馬上走進廁所更衣，脫下衣服、圍個浴巾出來，還謙卑的準備幫老皮寬衣。老皮覺得，能當心靈導師，真是他這輩子最棒的選擇。

當兩人泡在溫泉池裡淨心，老皮的小弟弟開始產生反應，女學員不知道是故作嬌羞還是別有用心，「老師，你，這麼……唉呦，怎麼辦啦？」老皮立刻用心靈老師穩重的語氣說，「看來我們有緣雙修，這是很特別的因緣，當然，要妳同意才能進行。效果比淨心更好！」

女學員給了他一個甜美的微笑，「我，我什麼都願意！」她與老皮爬出寬敞的溫泉池裡，躺在床上靠著老皮，老皮腦中忽然跳出一些奇怪的畫面，他想著如果被錄影、被仙人跳、如果被老婆抓到怎麼辦？這時候他覺得心臟越跳越厲害，忽然覺得空氣稀薄、有種窒息的感覺。真沒想到，老皮的恐慌症、Panic居然在這節骨眼出現了！

「老師您怎麼了？」女學員正準備動作，看到老皮痛苦神情，緊張的發問。

「我我……妳先坐好，我教妳打坐！」

老皮想到了，趕快用腹式呼吸法，跟女學員坐在床上，心臟還是跳得飛快，他說，「現在我們先用腹式呼吸，吸氣的時候肚子變大，吐氣的時候，肚子變小！這樣可以回春……」

邊呼吸，老皮閉眼做出冥想模樣，但他還是覺得吸不到空氣，一直浮現瀕死的感覺，他猜是不是這回吃了一整顆的藥效太強了！如果真的「尬」下去，萬一真的掛了，新聞標題寫著「心靈導師雙修馬上風」，那還得了！他當機立斷，睜開眼，繼續用心靈導師的緩慢語氣，告訴女學員，「我想，我們此刻的因緣還不夠，妳，還是先走吧！」

女學員看他臉色慘白，也很擔心萬一老皮掛了，自己恐怕脫不了關係！忙著穿上衣服，臨走前還仔細的把自己摸過的杯子、桌子給擦了乾淨，老皮說，「妳幹嘛?!」

沒想到女學員說，「我……我怕留下指紋！」老皮聽完，開始懷疑自己好像不是豔遇，而是遇上仙人跳了！

女學員離開之後，警報並沒有解除，老皮還是覺得心跳持續加快、吸不到氧氣，他一直想著該叫誰來救他？這時他心中出現了一個女菩薩、一個萬丈光芒女神的影像，沒錯，就是他的老婆！就算是一個正準備偷腥的男人，在危急時刻、緊要關頭，還是認為老婆是他在全世界最能信任、也最懂得照顧他的人。

老婆接到求救電話，什麼都沒問，只說自己馬上到！過了二十多分鐘，老婆到了，她也叫來救護車，衝進房間時，老婆看見穿著浴袍、揪著心口直皺眉的老皮。

「你不是去立法院嗎？怎麼會……」老婆忙著幫他換上衣服，「唉！救護車在下面了！」

老皮的太太扶老皮下樓坐上救護車，老皮鬆了一口氣，心想總算得救了！心臟也逐漸跳得不那麼快，可以順利吸到空氣！

在救護車上，救護員立刻幫老皮量血壓，並且問事發經過。問他，「你有高血壓心臟病的病史嗎？有服用什麼藥物嗎？」

說也奇怪，任何人見到醫生都怕死，只好說實話。老皮看看老婆、看看救護員，看看老婆、再看看救護員！

「我吃了……丸……」

「什麼？」

「拿……丸。」

「什麼？」

「藍色小藥丸啦！」

「什麼？」老皮的太太用極度冰冷的聲音、一字一字的問他，「你為什麼要吃威而鋼？」

咚咚咚咚咚咚，老皮的心臟又開始猛跳不止！他感覺自己的整顆腦袋漲紅到要爆炸，這感覺就像七歲那年第一次讓爸爸抓到自己偷錢，內心顫抖著……在嗚伊嗚依作響的救護車上，他在老婆凌厲的眼神下，感覺自己依舊是那個七歲做錯事的小男孩，顫抖著……顫抖著……抖到一切無所遁形。

這件事情在我們朋友之間傳開，成為老皮一生最大笑柄。有人說，二十一世紀最偉大的發明，就是GPS與威而鋼，GPS可以帶人去任何想去的地方，威而鋼則可以帶男人到任何想去的地方，我們笑說，這下子，老皮肯定哪裡都不能去了！

聽說後來老皮乖了好幾年，但最近，又勤上健身房，好像狗改不了吃屎，又蠢蠢欲動了。而且他說，這回他已經打聽好了，只要說自己要去爬玉山或是喜馬拉雅山，想治療高山症，藥局就會拿出威而剛了！

以上，是老皮的故事，都是我朋友發生的事兒！

03 九二一阿信的領悟

今天要說的是我朋友阿信的事兒。

阿信做業務出身，在八〇年代賺了第一桶金，然後第二桶、第三桶。總之，那個年代真是台灣的黃金時代，各種產業起飛，紡織、機械、電子產業，到處都有像阿信這樣的人，拿個〇〇七手提箱就飛往全世界做國際生意，英文能力也不怎麼樣，但只要會三句就夠用，

How much？

Too Much！

Thank you very much！

就這樣三句，打遍天下。

阿信說，那時候他們公司單月領單薪，雙月領雙薪，一年可以領十八個月的薪水還不包括年終獎金！他所在的業務部就更厲害了，獎金比薪水還要多好幾倍！阿信的口袋更是滿到深不見底。

阿信這個大哥，做人有一套，他除了經營客戶，也對內經營公司內部關係，孔子說的「有教無類」，在他身上變成「有玩無類」，他可以帶著各種朋友玩，一一針對不同對象、量身打造適合的玩法。上哪玩呢？基本盤就是去酒店！

阿信知道哪家小姐最漂亮，哪家明星臉最多，而且每家店的個性不同、特色不同、噱頭不同，台灣北中南的熱門店家，他都一一走訪過，累積了不少經驗。

酒店看起來都是靠坐檯小姐賺酒錢的生意，但裡面屬性不同，可以粗分為三大派，制服店、禮服店、便服店，每種店都有不同的配備。

制服店穿的最少，小姐的制服都有玄機，有時候正面看起來是水手服，可是背後只有兩條帶子！而且燈一關，制服很快就不見了，也不會再穿回去，是屬於最鹹濕的玩法。

禮服店裡的小姐穿著打扮跟便服店差不多，但一進入店裡，客人可以先選妃，滿足當皇帝的感受。

便服店則沒有選妃，而是由幹部帶著小姐到包廂陪客人喝酒，但小姐素質特別好，都很漂亮，有的還能說中英法日四國語言。

阿信會因材施教，他帶外國客戶上便服店，帶長官上特別鹹濕的制服店，藉以鞏固兄弟情。他還會帶負責技術研發的同事去禮服店選妃、做皇帝，而且全程由他買單、報公帳，所以全公司上下好多人喊他大哥。阿信最愛說，「大家開心，我就開心！」

大家可能以為小姐上班穿禮服，應該要比穿制服或穿便服多花不少錢，所以禮服店的花費應該最貴吧！猜錯囉！最貴的是便服店，因為這裡的女孩子不只漂亮，還很看重氣質。

就像在台北敦化北路、南京東路交叉口上的一家便服店，從八〇年代一直紅到現在。

這家便服夜總會所在的路口，就台北略顯陳舊的市容來說，真是特別漂亮，往北是台北的松山機場，旁邊是現在的小巨蛋，小巨蛋的圓弧造型很搶眼，看起來有種未來感，專門辦大型比賽、大型演唱會，那些知名歌手像五月天、蔡依林、周杰倫都在這裡唱過，周圍經常排滿等著入場朝聖的歌迷。

其實八〇年代時期，這個路口還有個中華體育館，當年所有重要的大型表演都辦在這裡，可惜有個吸金團體在裡面做活動，放個沖天炮，就把場地給燒了……三十年了，現在還是工地。

扯遠了，總之，這個便服店在台北開了三十年，冷眼看著體育館從有到無，小巨蛋從無到有，這家酒店始終屹立不搖！始終是台北便服店的指標。大家都知道這裡的小姐最漂亮，而且客人都很紳士，嚴格來說，是裝得很紳士，不會對小姐動手動腳，大家很文明的聊天、喝酒。

阿信說，有次他跟政治圈的人喝酒，有個政壇大老長得很醜，嘴邊還有一顆大痣，痣上還長了毛！這個大老被小姐戲稱為「宇宙大爆炸」，因為他一喝酒，就拉著小姐的小手，跟她解釋「宇宙大爆炸」！

小姐私底下告訴阿信，誰聽得懂啊！不過當場，這些漂亮的小姐們都睜大眼睛說，「哇！董事長你真的好懂事喔！我最喜歡有學問的人了！」

如果客人喜歡某個小姐，他就立刻出面「框」下來，「框」代表這個小姐這一整晚的鐘點費都由他負責！小姐不能跑到別桌去服務別人，只需要陪阿信的這個客人。不過在這種店裡，客人要的不是腥羶色的服務，客人享受的是跟小姐談戀愛的曖昧感，往往熟客在店裡都會找固定小姐，一次一次的見面，像談戀愛一樣培養感情。

阿信帶朋友上酒店之前，會耳提面命的告訴大家，上酒店談談小戀愛有益身心健康、還能促進家庭幸福，因為覺得自己在外面做了虧心事，回家會對太太格外親切有耐心，所以阿信另一句名言是，「成功家庭的背後，都有很多祕密！」他認為幸福和樂的家庭就是一艘愛之船，偶爾可以看看外面的風景，卻不希望朋友看到漂亮辣妹就神智不清、鬧離婚、頭暈了，他認為照顧家庭號平穩前進，是男人的責任。

但夜路走多了，總會遇到鬼，酒店跑多了，很難不翻船！也就是說一定會出事！

阿信有一陣子迷上了一個酒店小姐，叫小梓，他曾說，這個馬子不是特別漂亮，也可以說根本姿色普通，真不知道自己喜歡她哪一點！

不過，小梓可以說是打到阿信的「死穴」。店裡其他小姐穿著精心設計、貼身亮麗的辣妹洋裝，露出豐滿的曲線與美腿、風情萬種，讓人忍不住盯著看；小梓的衣服不知道哪裡找來的，就是一件超過膝蓋的長袖黑色連身長裙，腰上綁條腰帶，腳上穿了雙上班族低跟鞋。簡單來說，一點都不性感。但她的五官清秀、身材瘦高，外型是有點模特兒的份兒，不過，是那種完全不讓人來電的模特兒。

當小梓坐到阿信身邊，他本來想開口要媽媽桑換個小姐，但他看到小梓怯生生的眼神，硬是收回了這句話；心想，就讓她在自己身旁坐一晚，就這幾個小時，沒什麼大不了的。

小梓怯生生的幫阿信倒酒，怯生生的幫他加冰塊，怯生生的幫他調酒。不小心，小梓的手碰到了阿信的手，冰涼冰涼的，小梓嚇了一跳，趕緊收回手，連聲說「對不起！」阿信忽然想起了好久以前，他跟太太美娟第一次見面時也是這樣，在一個蚵仔麵線店裡，他跟美娟同時伸手拿烏醋，阿信記得自己不小心碰到美娟的手，也是冰涼冰涼的，那次美娟閃電一樣抽開手，看得出嚇得魂都飛了。

那時候美娟也就是小梓這樣的年紀，也是怯生生的。

阿信頓時對眼前的小梓感到親切，對她和顏悅色的聊起天來，小梓的「花名」其實是她本名的最後一個字，小梓偷偷跟阿信說，她本名是楠梓，阿信本來誤會是男人的「男子」，正想笑她爸爸亂取名，小梓補充說，是「楠梓加工區」的楠梓，因為她老家住在楠梓。

阿信老家在左營，就在楠梓旁邊，兩人都是高雄人，一聊起高雄就欲罷不能，立刻拉近距離。小梓說因為爸爸發生嚴重車禍、家裡原本的事業做不下去，她是長女，她高中還沒畢業就開始打兩份工養家，畢業之後，獨自北漂到台北工作，因為爸爸醫藥費加上這些年向親戚借了不少錢週轉，她瞞著爸媽到酒店上班，想趕快還清債務。

阿信聽了有點心疼。當然這類的故事在酒店很多，可是眼前就坐著一個自己的同鄉小妹妹、跟他當年剛出社會一樣，孤單、恐懼，又有養家壓力。

其實阿信的太太美娟，當年也是獨自一人從高雄到台北上班，他們那次在蚵仔麵線店聊起天，美娟本來有點戒心，阿信問美娟家鄉在哪裡？美娟說屏東，阿信便談起有次到屏東吃的「飯湯」料多味美，思鄉情切的美娟居然掉下眼淚來！因為她到台北之後，沒人聽過「飯湯」，阿信是第一個！阿信等美娟吃完，買了兩杯冰紅茶，兩人索性就在路邊開始聊天，阿信就這樣當起美娟講心事的大哥，後來，成了一輩子的伴侶。

現在的美娟當然不是當年那個怯生生的小女孩，已經是個講話中氣十足的貴婦了，晚上兩人躺在床上，偶爾不小心腳碰腳，換阿信閃電抽離腳，然後立刻說「對不起！」老夫老妻之後，阿信與美娟之間似乎又恢復了當年的兄妹情，不帶一絲情慾。

阿信看著小梓，就像看到當年的美娟。有人說男人喜歡的女人類型，始終就是那一類，初戀如此、妻子如此、連外遇也是如此。

阿信覺得自己起碼能夠幫幫小梓的忙，一有空就往小梓身邊報到，除了「框」一整天，他還幫忙應付小梓家的各種需求，爸爸醫藥費、媽媽醫藥費還有弟弟醫藥費，爸媽是因為年老多病，但弟弟則是脾氣不好，常跟別人打架受傷。每次小梓接到媽媽的求救電話，都用驚惶失措的無辜眼神，楚楚可憐的從阿信口袋裡拿出了一疊疊鈔票。

我們這些朋友當然知道阿信不僅「頭暈」，眼看幾乎就像是遇到詐騙集團了！有天，我忍不住提醒阿信，還記不記得當初他告誡所有朋友，千萬不要千萬不要被美色迷惑而頭暈，家庭幸福最重要。

阿信聽了，沉默了一下，他告訴我，小梓不一樣，小梓就像妹妹一樣，我就不客氣的告訴他，哪有妹妹天天用各種理由，從哥哥口袋裡撈錢的！阿信說，「你們都誤會小梓了，那些錢都是我心甘情願給她的，我給她十萬，她多開心啊！看著我的崇拜眼神，讓我覺得，我好像救世主一樣；我給美娟十萬，美娟只會說，喲～又做虧心事啦！你看，氣不氣人！」

這些狀況，直到這一天，一九九九年九月二十號，這天是阿信最後一天跑酒店。

為什麼呢？因為這天，他當然繼續在酒店，玩遊戲、講笑話、逗小梓還有其他酒店小姐哈哈大笑。

這天過了午夜，進入二十一號，各包廂裡的酒客們喝酒的喝酒，喝醉的早趴著睡了，也有人趴在廁所裡吐；當然，更多人正在對身旁的小姐進行各種無奇不有的互動。

但就在一點四十七分的這一分鐘，所有人都醒了！因為整棟房子發出可怕的擠軋聲，「嘰嘰壓壓」不絕於耳，然後天搖地動，那天是先上下搖、再左右搖，然後又上下搖，以為要停了，又開始搖！

總之，阿信覺得這次地震特別可怕！因為酒店在八樓，大地震經過高樓層共振、幅度更大！酒店老闆花了一億元台幣裝潢，到處都是漂亮的水晶燈、特別柔和的光線、高雅的設計師家具、裝飾性強的藝術品，這時候全都隨著地震上下跳動，包廂橫樑持續發出嘰嘰壓壓的擠壓聲音。水晶燈叮叮聲響不斷，牆面上的玻璃嘰嘰歪歪擠壓，一一爆裂，桌上杯子、酒瓶全都乒乒的倒下砸碎在地，裡外尖叫聲不斷，鶯鶯燕燕全都不知所措。原本在小姐身上遊走的手，也停了，吐的人也抬起頭茫然四顧、醉倒的問，「是我頭暈、還是地震？」所有人都在問，「震完了嗎？怎麼這麼久？」

有人說，地震的時候，可以看出你最在乎什麼，喜歡養魚的，一定馬上護住魚缸；喜歡古董的，立刻檢查自己最心愛的古董。爸爸媽媽會保護身邊的幼兒，孝順的子女，一定會趕緊看看同住的老爸爸老媽媽是否安然無恙。

阿信看著小梓，愣了一下，隨即拔腿就跑，幾個哥們也跟著他跑，砰砰的找到最近的逃生梯，砰砰的下樓，問阿信要去哪，他說，「當然回家！」然後頭也不回的跑了！

「那……那誰買單！」不知道哪個朋友，在後面很魯蛇又很大聲的問了一句。

遠遠的聽到阿信說：「別擔心……他們會把帳單送到公司！」

後來他告訴我，下樓之後，立刻叫了輛在酒店門口排班的計程車直衝回家，一路上電話都沒辦法撥通，一點訊號聲都沒有，他背後汗毛緊張得全都豎立起來！一邊萬分懊悔自己幹嘛不好好待在妻小身邊，一邊在心中祈禱，「萬能的神請保佑我的老婆、保佑我的小孩，平安無事！」

車子經過台北八德路，他看到一棟樓震垮了！大樓斜斜歪歪的看起來像矮了一截，原來是三樓變成了一樓！路上都是倉皇失措的居民，有人哭了，有人無語的看著這一切、茫然失措，倒塌建築碎塊占據了車道，導致大塞車，他在心中默禱，「萬能的神，請讓我的家人平安！只要他們沒事，我再也不去酒店了！」

那一天，是台灣災情最嚴重的九二一地震，後來我們才知道九二一的震度高達芮氏規模七．三，台中、南投的災情最為嚴重，共造成全台灣兩千四百一十五人死亡、一萬多人受傷、五萬多間房子全倒。那段日子，大家特別團結，哪裡需要物資就往哪裡送，哪裡需要器材就往哪裡送，在最悲傷的時候，有最溫暖的暖流，有人說，當人類面臨空前大災難，往往會展現出人性當中的光輝面，真的是如此。

我記得那天阿信立刻捐了一大筆錢救災，而且每年的九二一，他持續捐款給需要幫助的弱勢團體。我們這些朋友每逢九二一，都會聊起阿信，還有那晚發生的事。

後來阿信給了小梓一筆錢，算是畢業禮物，希望她可以從酒店畢業，好好做個生意。但是後來才知道他只是小梓諸多Sugar Daddy「乾爹」當中的一個，當初小梓就是以這種楚楚可憐、受人欺凌的特色，成為酒店紅牌，所以媽媽桑才敢把小梓塞到阿信身邊，因為知道阿信這種大哥，就是喜歡扮演「救世主」。

阿信知道實情之後，也只一笑，因為他知道這是個過程，讓自己領悟到這輩子最想保護的，就是自己的家庭。

此後，他堅守承諾十多年、再也不踏入酒店，任何應酬也只喝一點點酒，不再縱情暢飲，但他生意還是做得很好，但這承諾倒也不是無期限……

阿信堅持到女兒長大、出國讀書，然後，對，阿信在朋友的盛情邀約下，又開始偶爾跑跑酒店，應酬一下。但他真的收斂很多，再怎麼喝，一定在一點前離開，他說，九二一發生在一點四十七分，他絕對不會超過這個時間！這是他給自己的門禁時間！

以上，就是我朋友阿信大哥發生的事，所以我說，這是個溫馨的故事，對吧！

這些，都是我朋友發生的事兒！

04 車裡的紅色高跟鞋

今天要講的是，我的土豪朋友，高貴的事。

我有個朋友叫高乾貴，大家都喊他「高貴」，高貴的爸爸、還有爸爸的爸爸世代務農，雖然都是當農夫，但高貴他家不一樣，他家的農田在哪裡呢？就在現在台北的東區。所以他就是台灣人口中「田喬仔」，也就是「土豪」這類人，因為土地而發了大財。

一九五〇年左右的台北東區什麼都沒有，放眼四望全是稻田，直到一九七〇年蓋了忠孝東路，連接北端基隆到台北市中心，這塊區域才開始發展，開始蓋了些樓房。但整體來說，當時台北市中心在西區西門町、大稻埕那邊，東區這邊偏遠荒涼，而且附近是鐵道，整天火車通過就「筐當筐當」吵得要命，沒人喜歡住在這樣的地方。

高貴說，他家孩子多，媽媽當年想找個幫手，託人介紹了個中年婦人當歐巴桑，隔天就說不做了，因為嫌高貴他家附近太荒涼，公車站又遠，買菜要走好久，而且晚上回家時沿途沒燈，越走越害怕，乾脆辭工。高貴說，「你知道那是在哪裡嗎？後來那邊蓋了小巨蛋！」

現在的台北小巨蛋經常舉辦演唱會，歌手能唱進小巨蛋，是人生的一大成就，所以五月天、蔡依林、周杰倫、阿妹都搶著在這裡辦演唱會。很難想像當年附近竟然荒涼到一片黑暗的地步！

忠孝東路通車之後，他家因為土地重劃，開始有建商找上門要求合蓋大樓，附近很多農家答應賣地而一夕致富。高貴的爸爸更厲害，他雖然只會種田、卻很有生意頭腦，發現其中必定有商機，於是找了點錢，自己開個公司，找個做土木的親戚幫忙畫設計圖，就這樣開始蓋房、做起房地產生意。

高貴繼承了他爸爸冒險的精神，二十八歲那年，他鼓吹爸爸把所有資金投入在東區鐵道旁蓋樓，爸爸覺得這地方不好，又是橋、又是地下道、又是鐵路的，沒人會想要這樣的房子，但高貴認為未來一定有發展，高貴甚至說，「阿爸，這塊地就當是你的遺產，讓我先借來用！」

高爸爸當然被高貴這番話氣得差點心臟病發作，但還是吵不過他，讓他主導開發案。

結果呢？結果房子剛打好地基，政府就宣布鐵路將地下化，而且預定拆除附近的車行地下道以及跨越鐵路的復旦橋，讓這個區域的房地產價格瞬間飆上天價，高貴此後就成為爸爸的指定接班人。

不過，他們高家依舊過著樸素的生活，高爸爸覺得自己是農家子弟，要求孩子也不能奢華，所以除了他們家的房子整棟都是自己蓋的，高貴跟高貴太太過日子跟普通薪水階級沒什麼不同、沒請傭人、也沒請司機。

高貴每年春天、秋天，他都會主動揪團邀我們帶著妻小來個盛大的家族旅行，一群人租大巴到各地玩，讓小朋友有玩伴，太太們有姊妹淘，當然，讓各位太太對高貴留下極好印象，只要說是高貴找我們出去，太太們幾乎不會過問我們到哪兒去玩。

高貴都帶我們上哪玩呢?不必問,一定是Piano Bar!

Piano Bar是鋼琴酒吧,就是個酒吧,裡面有台鋼琴,請了位琴師,琴師身邊通常都會放個很大的、像水缸的玻璃高腳杯,專門放小費用的。客人可以填歌單點歌,自己的歌來了,就站到小舞台高歌一曲,這種店的音響效果通常很好,開很強的ECHO,讓歌聲迴盪,最重要的是琴師會根據客人的KEY、還有節奏來伴奏,比卡拉OK更人性化、更虛榮。

高貴非常喜歡帶客戶到Piano Bar應酬,他覺得音樂是人與人之間溝通的橋樑,當然,他還很享受在大家面前開演唱會的成就感。他的主打歌包括了羅大佑的〈戀曲1990〉、楊烈的〈如果能夠〉、鄭進一的〈今夜我想喝醉〉,如果應酬的客戶年紀大一點,他還可以唱〈夜上海〉,如果跟年輕女孩來,他照樣唱茄子蛋的〈浪子回頭〉,高貴,簡直就是Piano Bar的歌王。

每次應酬,高貴必定晚歸。一開始太太當然反對,高貴搬出台灣做生意的應酬文化,家族裡的女人,好比他的媽媽、姑姑、甚至弟妹,都勸高貴太太不要太小家子氣。

畢竟高貴是這一大家族的主心骨，他手上的每個建案都有很多關節要打通、不論黑道白道、都要花很多功夫跟許多關鍵人物周旋，平時就要培養關係，關鍵時刻才能派上用場，這過程是很辛苦的！不應酬怎麼喬事情？久了，他老婆也只好包容。

至於徹夜不歸，高貴也有一套說詞，他說應酬結束都兩三點、很累又喝了酒，開車太危險，就在車上窩了一夜，渾身痠痛，或者跑去三溫暖洗澡、按摩，睡上一夜，高貴太太想到喝酒開車確實危險，也就不好執意要他應酬結束就回家，畢竟安全最重要！

這下子，高貴就更開心了，其實他也不是到處拈花惹草的人，他最常接觸的是房屋代銷公司的銷售員，這些銷售員多半都是三四十歲的女性，通常不是漂亮的那種，因為來看房子的通常都是夫妻倆人，太漂亮的銷售員，會讓太太起戒心。

高貴家的建設公司準備推出新建案時，就會找代銷公司開始預售。

「預售」就是房子還沒蓋，但客戶可以出個頭期款、隨著房屋打地基、蓋鋼樑，慢慢付各期工程款，一方面可以減輕建設公司資金週轉的壓力，一方面也是賭房地產景氣。有些客戶認為景氣會好、未來房子會更貴，所以先付了前面的一小筆錢，等房屋落成，就可以加價出售。說穿了，就是我賣個夢給你，你買個夢回去，雙方買空賣空，過個三五年就知道到底是美夢還是惡夢。

這些代銷小姐是關鍵，她們累積了多年經驗，從客戶踏入銷售中心的那一刻，就盤算著眼前這是哪種客人，然後用各種「話術」對症下藥。高貴最希望的當然是在預售期間就能銷售一空，客戶投資入賬，讓高貴可以挪出資金投入下一個建案，繼續邁向地產大亨的夢想前進，把夢越作越大。

高貴尤其懂得籠絡代銷界的四大金釵，這四位女銷售員是各家建設公司老闆眼中的菩薩，她們售屋快、狠、準，遊走各家建設公司之間，專門代銷新建案，高貴常請她們吃飯、唱歌，籠絡感情，預售畢竟是個「賣空氣」的行業，能夠請來的代銷金釵、代銷天后幫自己效力，這「空氣」就會賣得快、賣得好，大家都有好處。

這天，在地下道，高貴告訴我一個人生真理，他說，「你別看這條路，開起來平平順順的，有時候老天爺就會讓你在這麼平順的路上莫名其妙的跌一大跤！」

高貴說，他風花雪月慣了，醒來常不知道自己人在哪裡。

尤其是上一個世紀、二十世紀末時，台灣對酒駕的規定沒那麼嚴格，高貴有時候喝多了、醒來發現自己開車回到家……門口，但沒開進停車場，就斜斜停在門口的路邊，早上鄰居歐巴桑起來運動，還拍窗戶喊他起來。

這還算好的！有一次更離譜，高貴又喝多了、眼皮實在撐不住，居然在快車道上等紅燈的時候睡著了，等綠燈亮起，後面的計程車司機等半天、按了半天喇叭還是沒動靜，覺得怪怪的，還跑到前面來喊他，拍窗戶喊了半天都喊不醒，以為他心臟病發作了！趕緊報警！

警察來了，高貴才悠悠轉醒，本來警察要辦他酒後駕車、高貴一急之下立刻清醒，趕緊打電話給自己認識的民意代表求救，那時候警察與民意代表之間有很多「運作」空間，警察才高抬貴手，讓高貴快走。現在酒駕抓得非常嚴格，全程錄影錄音，當然再也沒辦法這樣搞了。

但高貴說起這些事情的時候，眼神中有點難以說明的情緒，有些炫耀、也有些罪惡。他說，有時醒來，看著剛剛升起的太陽，腦中總會有種宿醉的惆悵，接著湧起「斷捨離」的勇氣、告誡自己不能再墮落下去，必須重新做人！

高貴發誓，明天一定要洗心革面，開創光明的未來！尤其這樣喝下去，身體也垮了！

不過這種氣魄往往只能維持到太陽下山、當夜幕低沉、星光閃耀，高貴又噴上古龍水，決定過一陣子再重新做人，拿起手機開始招兵買馬去Piano Bar唱歌。

出事的這天，高貴說他醒來張開眼，唉呦！在家裡，沒亂跑，頓時覺得安心了。腦海中還依稀記得自己從Piano Bar出來時，還堅持要送別人回家，然後，就不記得了。

好在醒來時，高貴已經安穩躺在自家床上，也就安心了！

這時候高貴的老婆進房裡，看他醒了，問了一句：「醒啦？要不要送我去公司？跟你講點事情。」

高貴老婆當年剛四十歲，隨著年歲增長，原本的瓜子臉變得有些圓潤，更是好命太太的面相，旁人也猛誇她命好，有個這麼會賺錢的老公。但她很警覺身材略嫌走樣，開始迷上跑馬拉松，每個週末都找地方跑長跑，身材與活力都保持得很好。

因為老婆對他很包容，高貴一直很尊重太太，能服務就服務，像這種開車接送的活兒，是一定要服務的。

高貴趕緊說，「好，好！」隨後從床上爬起身，多年經驗告訴他，順著老婆，日子比較好過。

老婆經過他身邊，丟下一句：「臭死了，全身酒氣！」

他趕緊洗個臉、刮鬍子、換衣服，看起來還像個人樣。

他進停車場開了車，開到大門口，等老婆上車。老婆開門坐進車裡，又罵了一句「唉呦！你連呼吸都還是酒臭味，少喝一點啦！」

「好啦好啦！」

高貴踩著油門送老婆上班，所謂「良心是最好的枕頭」，一路開車，還說些有的沒的，有點討好老婆；老婆看報紙看股市，也有一搭沒一搭的聊著，聊著聊著，高貴眼角餘光忽然看到老婆座位底下怎麼有一抹大紅色……

「那是個什麼東西啊？」

高貴忽然全身冒汗，他發現那是一隻紅色高跟鞋，七公分高的鞋跟，很性感很危險的那種細高跟鞋！會讓人想到如果踩在自己身上，可能很色情……

「我的媽啊～昨天是誰在車上？」

高貴邊抹汗、邊開車、邊回想，奇怪了，他能想得到前天晚上、大前天晚上，甚至上個月八號的晚上發生了什麼事情，唯獨對於昨天一片空白，難道昨天喝太多，喝到斷片了？

斷片是什麼呢？現在年輕人說「B.O.」，Black Out，最早的典故來自以前放映電影，用的還是一本一本的電影拷貝膠片，要將膠片捲在放映機上，才能投影在銀幕上，有時候放映次數多了，膠片損壞，一放就斷了！銀幕上一片空白，這叫斷片，Black Out。所以後來也引申到喝太多，喝到整段記憶喪失、醒來也完全想不起到底發生什麼事情，腦海中一片空白，也叫斷片。

不過高貴對自己怎麼喝到斷片的，真是一點記憶都沒有，完全想不起來！

糟糕，糟糕，萬一老婆發現，該怎麼圓這個謊？說路上撿了隻鞋？老婆一定會說，你撿鞋？又不拾荒，你撿誰的鞋啊？

不可能！

那說，送朋友跟朋友的女友回家、女友的鞋掉了？

老婆一定不相信，別人的女友怎麼會坐在前座？哪有這種規矩！

那乾脆說不知道車上怎麼有隻鞋？

老婆肯定不相信，你的車，怎麼可能不知道鞋哪來的？

哎呀！怎麼扯都扯不清啊！高貴頓時血壓上升。

高貴家住在國父紀念館附近，是台北的高級住宅區，不過這個區域靠一條光復南路串接台北市的忠孝、仁愛、信義、和平等主要幹道，經常塞車，尤其上下班時間車更多。

高貴的這個「事件」、這個「意外」，發生在上世紀九〇年代後期，台北市鐵路地下化了，但是光復南路上還有火車鐵軌，經過這區塊還是得走地下道，因此永遠是交通瓶頸，幾乎從早塞到晚。

高貴深怕老婆眼睛往下看，就會發現這個「禍央子」高跟鞋，他趕緊東拉西扯，一下子指東，「老婆你看，那邊開了家新店！」一下子又指西，「老婆妳看，這裡的川菜怎麼關了！」沿途一直東看西看，弄得高太太忍不住說，「拜託你開車專心一點好不好！我在看股市！東看西看晃來晃去，等下撞車！」

最後無招了，他對老婆說，「奇怪，我好像聽到了直升機的聲音，老婆，妳幫我看看！」「你真的很無聊！」

但老婆還真按了窗戶開關，探出頭去看外面有沒有直升機，說時遲那時快，高貴立刻伸手從老婆腳底下撈起那隻鞋藏在自己腳邊。

「沒有啦！哪有直升機！」太太壓根沒發現高貴鬼鬼祟祟的動作，繼續叨叨絮絮的講小孩的老師跟她說了什麼，小孩班上的同學怎麼了。

高貴其實沒聽，他全身保持警戒，隨時觀察路況，還刻意開進平常絕對不走的光復南路的車行地下道。

「欸！高貴！你怎麼走這裡！你平常不是走信義路嗎？這邊一定塞的！唉呦！你要害我遲到了！」

「這邊雖然塞，可是可以避開三組紅綠燈！老婆，相信我，扣掉等紅燈的時間，還是比較快！」

「避什麼避！你看，走不動吧！」

高貴心裡歡呼，「塞得好啊！」

趁著塞車，他打開窗戶，假裝要探頭出去看前方堵車的車龍有多長，「唉呦！老婆啊！今天真的塞得好長啊！」

「我早跟你說這條一定會塞啊！」

高貴看了看後面，迅速把鞋丟到窗外，立刻關上窗。湮滅偷情證據之後，高貴感受到前所未有的輕鬆感！幸好這裡有地下道啊！他打從心裡開心，忍不住笑了起來。

「奇怪欸！塞車也能笑得這麼開心！我一定遲到！」

「哎呀！遲到有什麼關係，我養妳！老婆，你沒發現今天天氣特別好！看到陽光我就開心！」

終於開到了公司門口，下車前老婆問，「晚上回不回來吃飯？」

「回來！今天晚上一定回來陪老婆吃飯！」

高貴太太說了聲「討厭！」拿起自己的包包準備下車，不知怎麼回事，她在位置上磨蹭了一下，「奇怪了？奇怪了？」

「怎麼了？」

「見鬼了！」黃太太左看右看，又彎下腰低頭在位子底下左看右看找東西，「我上車才脫的鞋！奇怪，我還有一隻高跟鞋呢？奇怪，怎麼只剩這一隻？真見鬼了！」

「轟隆！」就在高貴覺得幸運逃過一劫的時候，老天爺在他身上打了道雷，這回，他真不知道該怎麼說明，只能悶不作聲、眼神呆滯的看著前面。

「真是的！我新買的鞋！剛剛上車覺得有點緊，才脫下來的！怎麼就不見了！」高貴看著老婆急著在車廂裡翻來翻去，還光腳跳到後座、趴在地上前前後後一直找，他開始覺得汗從額頭一直冒出來，高貴從沒覺得一分鐘是如此漫長！

「欸！高貴，你不會幫忙找一找啊！哎呀！你下來看看啊！」

高貴正打算下車演演戲給老婆看，「哎呀！慢吞吞的！不用了不用了！你去幫我拿後車廂的運動鞋！真是見鬼了！」高貴急急忙忙下車，到後車廂翻出老婆的運動鞋，

「還好，還好……車上還有這雙！穿上吧！」

「這也太怪了吧！不合理啊！這一隻鞋怎麼會憑空不見！太怪了！」老婆邊換鞋、邊嘟囔，「走了！」

看著老婆急急忙忙衝進辦公室的身影，高貴總算鬆了口氣，滿頭的汗，這時才緩緩從額頭滑下，他甚至覺得耳朵還有點耳鳴，心臟怦怦的跳，驚魂甫定。

高貴說，這件事情之後，他就牢牢緊記，再也不能喝到斷片，真的，太危險了！他還告訴我，從此之後每次應酬前，他一定吃一顆滷蛋、或是吃碗魯肉飯，讓胃裡有點油滋滋的東西打底，比較不容易醉。

高貴還告訴我一個他學到最重要的學問，就是「千金難買回頭看」！任何時候離開一個地方，都要回頭看一下！那是救命的！

這些，都是我朋友發生的事兒！都不是我發生的事。

05 雙胞胎

今天，要來說說我那愛吃、好吃、懂吃的朋友，阿亮的故事。

我的朋友阿亮專門在報上寫食評，哪裡新開了一家麻辣鍋、哪裡有好喝的雞尾酒、哪家餐廳適合老闆請客戶、哪家餐廳適合帶小三、哪裡的咖啡好、哪裡買得到好茶葉，都可以問他，他就是一本活的美食字典！

阿亮的外型，跟他的職業也極度搭配，一看就是個有口福的愛吃鬼。白白胖胖、不高，體重……就別問了，但他女人緣可真好，打從我認識他開始，他身邊要不是正妹、就是女神！那些別人追了老半天才能追上手的女孩，對他來說，一句話就能搞定！這句話就是，「明天要不要去吃好吃的？」

再矜持的女孩思考五秒之後，都會用大眼睛看著他、緩緩吐出一句，「幾點？」

觀察阿亮這麼久，我發現，他之所以在女生圈裡這麼吃得開，是因為他「無害」，看起來笑嘻嘻、很喜氣，讓人對他沒有防備，像一團麻糬可以捏來捏去，麻糬你們知道吧？就糯米煮熟搗出彈性，捏成小團，裹上花生粉、芝麻粉等等，很好吃。阿亮就是這樣，你怎麼捏他、怎麼為難他，他都笑笑的說，「沒關係啦！」因此他跟女孩的合照，都是女孩子在他身上摸摸捏捏，阿亮笑成瞇瞇眼，簡直被當成美食圈的吉祥物了。

但阿亮可不是吃素的，他是把美眉的大內高手，出手於無形，有時朋友們約約、一夥人出去玩，最漂亮的女孩沒多久就靠在他身邊、聽他講笑話笑得花枝亂顫，接下來散會之後，咦？就被他帶走了！

我愛吃，我跟阿亮有些共同朋友，在聚餐中見了幾次面、也聽說過他在食評圈的地位，發現每次聚餐，在他身邊的女孩都不同。

後來，我知道了他的故事。

阿亮的老爸十年前中風變成植物人，在家裡躺了八年、兩年前才過世。等於他二十歲開始，看著爸爸失去意識、插鼻胃管、媽媽當看護，每天拿著食物泥透過鼻胃管餵他爸爸。

接著阿亮胖胖的瞇瞇眼閃著淚光說，「大哥，所以我很珍惜食物，如果有一天，我也躺在那邊，起碼知道自己吃過真正好吃的東西。」

我一直不知道該接什麼話，只能粗略的說他媽媽辛苦了之類的空話。

沒想到阿亮說，「其實我媽還挺開心的！」

「怎麼會？不是很辛苦嗎？」

「大哥，對我媽來說，我爸在外面花心了一輩子，她才真是心裡苦！每次我媽看我爸出門，臉色就不好，我更擔心，因為媽媽只要心情不好，就會拿我們出氣！」

「那你們不慘了！」

「是啊，大哥，你不覺得很不公平嗎？我爸出門去爽快樂活，我媽卻打我們！太不公平了！直到爸爸病倒，整整八年躺著任我媽擺布！我問我媽會不會覺得自己命不好？她說，照顧爸爸儘管身體很累，但心不累，起碼每天都知道自己老公在哪裡！」

我忍不住問了，「所以你的風流是遺傳你爸！」

「不是啦！我爸才風流！我只是朋友多！」

「你這樣每天認識不同的女孩子，不會擔心錯過真愛嗎？」

阿亮接著就說了這個故事，一段讓他終身難忘、卻無可挽回的真愛。

阿亮有天路過台北一家的知名排隊小店，看到排隊人潮當中有個很漂亮的女生，模特兒身材，一頭卷卷的長髮，一雙眼睛亮晶晶的，阿亮忍不住排在這個女孩後面，伺機攀談。

阿亮說，「請問妳等多久了？」

女孩說，「大概十分鐘，不過聽說一定會等半個小時以上！」

阿亮說，「我剛好有個朋友在裡面工作，我問問看他能不能帶我們進去！妳幾個人？」

女孩說，「真的嗎？我一個！」

正中阿亮下懷，他立刻跟早就認識的老闆揮揮手，老闆很有默契的指指後面，讓他們從後門進店裡，在窄小店裡空出一桌。

這家小店以乾淨、料多出名，原本生意就不差，在阿亮寫食評大力推薦之後，立刻成為熱門名店。莉莉安看著菜單很猶豫，阿亮立刻推薦他們的限量油飯配上蛤蜊雞湯。

莉莉安看到端上桌的一大碗滿滿蛤蜊，已經嚇了一跳，喝一口湯，忍不住閉上眼睛，十分享受！「真是太美味了！」莉莉安笑著露出可愛的梨窩。

阿亮發現莉莉安對食物、有近乎宗教的熱忱！每當吃到好吃的東西，她就會陶醉的閉上眼睛、細細品嚐。阿亮本來認為食物是純粹的，好吃不好吃，重點在食物本身；但這回他發現莉莉安的浪漫熱情充滿感染力、強化了食物的美味，跟莉莉安在一起吃飯，會讓好吃的感受更強烈、更滿足。

阿亮與莉莉安都覺得彼此相見恨晚，這天他們交換電話，後來每天都會通上好幾次電話。有時莉莉安問阿亮建議她吃什麼，有時是阿亮吃到好吃的，立刻與莉莉安分享，只要莉莉安有空，她不管多遠都要衝到現場。

所以後來，他們索性變成吃飯的雙胞胎組合，焦不離孟、孟不離焦。莉莉安除了拍照貼在微博，還餐餐開直播，讓網友一同分享他們的貨真價實的「美味關係」。這個主意讓莉莉安成為網紅，甚至許多雜誌都請他們兩個合開專欄，說他們是美食界的神鵰俠侶。

對普通人來說，要為公司聚餐、朋友聚餐，找出一家合適的餐廳很困難，但對這對愛吃組合來說，是最好玩的遊戲。首先要想個主題，好比季節到了，該吃茼蒿！如果晚餐要吃火鍋，那午餐該吃什麼呢？那早餐呢？兩人每天都想著該怎麼安排，才能讓這一日三餐都是絕配！

他們這樣形影不離的吃了三個月的飯，有次，阿亮看著莉莉安吃飯時心滿意足的表情，忍不住說，「莉莉安，妳是我這輩子都想要一起吃飯的人！」莉莉安立刻感動得淚流滿面，她知道這對阿亮來說，是至高無上愛的告白。

而且莉莉安的出現，也治療好了阿亮的花心病，他找到了最想一起吃飯的人，最想一起過日子的人之後，就再也沒興趣認識新的漂亮女孩了。

阿亮介紹莉莉安給媽媽認識，三人吃了很好吃的一餐。莉莉安覺得自己似乎也應該把家人介紹給阿亮，不過她的家人分散在世界各地，爸爸媽媽在上海開公司，還有個姊姊在美國，莉莉安自己一人在台灣，莉莉安說，「對了，我好像沒告訴過你，我跟姊姊薇薇安，是雙胞胎！是長相一模一樣的那種。」

阿亮對於女友是雙胞胎這件事情感到異常興奮，像很多魯蛇、宅男一樣，有很多幻想，尤其是某些特殊方面，更為好奇。

阿亮忍不住問：「……雙胞胎真的有心電感應嗎？」

莉莉安說，「我跟我姊好像有，有次我莫名其妙的心情不好，打電話去美國找她，她說她才大哭了一場。」

阿亮問：「那妳吃到好吃的菜，她會流口水嗎？」

莉莉安說，「你很無聊欸阿亮！如果她跟我一起吃，當然會啊！」

阿亮遲疑了一下，終於問出他最想問的問題，「那妳如果……在床上……嗯嗯……她會有感覺嗎？」

「你說呢？想試試看嗎?!」

「想！」

「哼！想得美！」

此後阿亮對於這位雙胞胎姊姊有了各種的幻想與期待，他很想看看自己到底能不能分辨出誰是莉莉安，誰是薇薇安。但又有點覺得抗拒，畢竟他喜歡的莉莉安如果還有另一個一模一樣的版本，多少有點恐怖！

但他發現，莉莉安是打定主意不讓他「試吃」！儘管他們感情發展穩定、相處融洽，兩人繼續一日三餐吃得不亦樂乎，更有聊不完的話題；不過，莉莉安並沒有因此讓阿亮爬上她的床，阿亮幾次深吻試探，都讓莉莉安說，「感情跟牛肉一樣，需要熟成。」

一說「熟成」，阿亮就懂了。

「熟成」（Aged）是一種處理美國處理生肉的手法，讓肉在攝氏零度左右、濕度控制的恆溫熟成室裡靜置二十到四十五天，讓牛肉本身的酵素和外在的微生物產生作用，可以讓牛肉的油花更集中、更鮮嫩、更鮮甜，當然，也就更價值不斐了。

莉莉安說，「阿亮，相信我，熟成需要時間！」所以他們感情再好，在酒酣耳熱之際，莉莉安還是不著痕跡的拒絕更進一步。

阿亮倒覺得新鮮，他從大學就開始，就認為感情得來容易。

因為爸爸中風，阿亮二十歲開始開車，是班上少數的有車階級，那年頭流行所謂的「車馬炮」，有車子，就有馬子願意跟他一起……放鞭炮，這方面各位可以自行想像。所以阿亮對美食一直比對女人來得認真，他可以花兩個星期等待一隻從西班牙空運來的伊比利火腿，卻認為感情像「得來速」，見面、吃飯、上床、下床、結束！現在遇到了莉莉安，他難得必須等待，越等、阿亮就越期待，越期待能一親芳澤。

不久之後，阿亮受邀出差到泰國進行美食之旅，回來寫個文章就可以拿到廠商贊助的商務艙機票與五星級住宿，他本來打算邀請莉莉安同行，然後就能「順便」共渡夜晚，但莉莉安說那段時間剛巧爸媽要回台灣，不能陪阿亮一起去，兩人短暫分離，倒也促成了感情增溫。

阿亮從泰國打電話回台灣，那天剛好是七夕情人節，阿亮說，「莉莉安，真的很抱歉，不能陪妳吃情人節大餐。」可能是每逢佳節倍思親，莉莉安情緒有些激動的說，「這幾天看不到你，一個人吃飯，真有點不習慣……」說著說著，她忽然在電話的這端輕輕的掉下了眼淚，哽咽的聲音讓阿亮嚇了一跳，頻頻安慰。

講著講著，兩人的思念之情越來越旺，阿亮忽然問，「莉莉安，上次給妳的肥鴨肝還在嗎！」

「在啊！我不知道怎麼弄！」

「來，我教妳！」

阿亮在電話裡告訴莉莉安怎麼煎鴨肝，從冰箱冷藏室取出的鴨肝恢復室溫之後，切成一公分厚度，然後開大火，不下油，鍋熱了直接煎！煎約一分鐘、兩面上色即可，就可以灑上點鹽、起鍋了！

莉莉安邊講電話邊煎鴨肝，迅速、順利完成了任務，她說，「好香喔！可惜你聞不到！」

阿亮說，「上次送妳的粉紅香檳，打開吧！」

莉莉安有點捨不得，「我們不是說好要一起喝！」

「妳喝了，形容給我聽，不就等於我們一起喝了！」

「好！」

莉莉安把餐桌擺好，自己開了香檳。

聽到開瓶聲，電話裡的阿亮說，「妳先喝一口！」

「好！」

莉莉安說，「氣泡綿密、香氣好細緻，感覺像給舌頭按摩！」

「然後，吃一口鴨肝！」

莉莉安品嚐一口鴨肝說，「好濃郁、好醇厚的香氣，而且外面煎得脆脆的，裡面好滑好軟，讓我的舌頭感覺好舒服、好輕盈，但又那麼濃郁……阿亮，真的好好吃！」

阿亮說，「然後配一口香檳！」

「哇！」莉莉安忽然說不出話，「我……我覺得好幸福！太幸福了。」

兩人就這樣在電話的兩頭共享情人節大餐，喝到後來，莉莉安獨自喝光整瓶香檳！

阿亮這時冷不防的問，「妳現在穿什麼衣服？」「睡衣！」「妳的睡衣是什麼樣的？」接著，這通電話慢慢變成了喘息與呻吟，阿亮最後問莉莉安的一句，「妳，覺得我們之間，『熟成』了嗎？」

莉莉安給了他一聲甜甜的輕笑，兩人心滿意足的掛下電話。

兩天後阿亮回到台灣，他帶著泰國採買的香料與醬料，還有一個很大的石臼與杵從機場直奔莉莉安家，這是他送給莉莉安的伴手禮，打算跟莉莉安一起自製道地的青木瓜沙拉，採用他直接從泰國皇室主廚口中問到的食譜。

莉莉安已經告訴他，這天她還有個直播的工作，阿亮可以先去她家，鑰匙，莉莉安已經用膠帶貼在信箱裡，只要伸手進信箱就摸得到。

阿亮依照指示拿到了鑰匙，把東西放好，還打理好一切。等著莉莉安回來。

下午三點多，阿亮一聽到鑰匙聲，迫不及待的以他準備好的造型，打算在門口給莉莉莉安一個驚喜，門一打開，他衝著門口張開浴袍，說，「妳的鴨肝回來了！」他還精心準備了一個驚喜要給莉莉安看……！

沒想到莉莉安立刻尖叫說「色狼啊！」轉身就跑，嚇得阿亮趕緊裹緊了身體，從門口往外面大喊，「對不起！我還以為妳，我以為……！」

莉莉安一邊尖叫，一邊說，「I'll call 911！」意思就是，她要打電話報警！

叮！

阿亮腦中閃過一絲火光，他忽然……忽然明白了！

然後阿亮穿上衣服，慎重的關上莉莉安家大門。趕緊離開現場。

到底發生了什麼事情呢？各位猜到了嗎？阿亮覺得自己，剛剛好像，嚇錯人了！這可真尷尬了！怎麼辦呢？我追問阿亮，「那後來呢？怎麼辦？」

阿亮說，「我硬著頭皮，出去晃了晃……確定莉莉安到家了，才過去。」

阿亮說，門一開，他果然看到了兩個莉莉安，空氣中有種怪異的氣氛。

左邊的莉莉安穿著黑白方格的連身裙、正準備搬石臼，開口說話了，「你回來啦！來幫我搬吧！」

阿亮腦中想著，「喔，這個是莉莉安！果然穿的衣服跟剛才不一樣！」

左邊的正牌莉莉安繼續說，「我正在奇怪你人到哪裡去了！這是我姊，薇薇安，阿亮，哇！你們終於見面了！」莉莉安察覺到兩人都很冷漠生疏，「咦？你們剛才見過了嗎？」

右邊則是剛才那個莉莉安，穿著雪紡白色上衣與牛仔褲，阿亮發誓，他之前真的看到正牌莉莉安穿過這套衣服，但現在卻看起來很陌生，薇薇安看著阿亮說，「沒有，沒見到！」

阿亮腦海裡瀕臨爆炸的危機稍微解除。

莉莉安說，「阿亮一直很好奇我們到底像不像，我還擔心妳先回來，他會搞不清楚誰是誰。」

後來他們三人一起到餐廳吃飯，當然，是很好吃的餐廳，可是非常奇怪，阿亮首度覺得吃得食不知味、如坐針氈，他看著莉莉安吃東西，她臉上的表情雖然還是「這也太美味了！」卻再也感受不到兩人心意相通、那種發自內心的喜悅。

而薇薇安的態度也讓阿亮提心吊膽。整餐飯薇薇安笑都沒笑一次、也不太動眼前的食物，連帶讓莉莉安也跟著吃的很少。

「姊，妳怎麼都不吃！」

「我的胃，不太舒服……」薇薇安瞄了阿亮一眼，隨即把眼光轉到旁處。

「你這樣一說，我的胃也有點不太舒服……」

那天就像個魔咒，讓阿亮對莉莉安累積滿滿的愛與期待，瞬間消失。

他覺得同時看到兩個女友的感覺，根本不像宅男想像的那麼浪漫、性感、刺激、引人遐思；相反的，他忽然很怪異，這天吃完飯，阿亮假裝還要趕回去交稿、交照片，匆匆離開莉莉安。

接著好幾天，阿亮沒找莉莉安，莉莉安也沒找阿亮，兩人之間忽然就這樣斷了聯絡。

有天，阿亮忽然想聽莉莉安的聲音，打了通電話給她，兩人閒聊兩句，阿亮忍不住問，「我們之間到底怎麼了？」

莉莉安說，「還好吧！就是你忙、我也忙！」

「對了！」莉莉安說，「我忘了告訴你，那天見到你之前，我不是在外面嗎？大概就是三點半那個時候，我忽然覺得很想吐！有種很噁心的感覺！」

「中暑了？」

「沒有！那天我根本沒曬到太陽！」

「三點半？」阿亮忽然恍然大悟，就是他以鴨肝裝……看到薇薇安的時候……「噁心的感覺！」

「對啊！後來我姊姊跟我說，她那時候也很不舒服！從來沒那麼噁心過……！你看，是不是很湊巧！」

「喔……，那……那妳找到什麼想吃的，我們再一起吃飯吧！」

「好！」

「Bye～」

但他與莉莉安就再也沒聯絡了！我問阿亮，就這樣？你就放過她了？這麼好的女孩不去追回來？

阿亮說，「大哥，追回來也沒用啊！感覺不對了！我猜是她姊姊告訴她，發生了什麼事情。」

我說，「應該也還好吧！就是一場誤會啊！」

阿亮說，「也許莉莉安感覺到薇薇安不是很喜歡我，我能跟雙胞胎競爭嗎？也只好慢慢淡了。」

這讓我好奇了，「阿亮啊！你那天到底穿了什麼啊？怎麼把人家嚇成這樣？沒穿嗎？」

「不，我刻意去買了一個小鴨子造型的三角褲，你知道，圖案就是一個鴨頭，套上去，就這樣……」阿亮在胯下比了比鴨子的樣子，「我本來覺得這樣很幽默、好玩……大哥，怎麼知道會這樣！女人到底在想什麼？我到底做錯了什麼？」

我想像著阿亮肥肥的身體、穿了個黃色小鴨三角緊身內褲的樣子，這豈止會噁心，簡直就是嚴重的心靈創傷！

「太可怕了！阿亮！我想，這證明了兩件很重要的事情！」

阿亮問：「什麼事情？」

我說，「就是你的體型真的不適合穿三角內褲，還有，雙胞胎確實有心電感應！因為姊姊感受到的噁心與心靈創傷，一定完整的傳到莉莉安的心理，所以她潛意識再也不想看到你、更不想跟你同桌吃飯了！哎呀！太可惜啦！」

以上，就是我朋友阿亮的故事。還有，這天之後，他把衣櫃裡所有的三角內褲、泳褲都丟了，阿亮正式宣告，「老子今生只穿四角褲」！

II

巴拿馬草帽

06 一封陌生女子的來信

今天，要來說說我一個才子朋友小強的故事。

我這個才子朋友叫做吳子強，我們都喊他小強，各位別笑，在我們年輕的時候，周星馳還沒走紅，那時候的小強，還不是蟑螂。

小強是個音樂製作人，他大概三十多歲的時候，喜歡音樂也喜歡潛水，週末經常帶把吉他、直奔台灣最南端的墾丁潛水，有時候我們也一起下去，只是他去得比我們都勤。

台灣不大，全島從最北端的富貴角、到最南端的鵝鑾鼻也就只有三九五公里，約莫是從上海到南京、再遠一點的距離。所以從台北到高雄，不遠，在二〇〇七年貫穿全島的台灣高鐵開通之前，靠開車到高雄，再快也要四小時，飛機是快速來往南北的唯一選擇。

對小強來說，白天泡在海裡、晚上泡在音樂裡，就是最棒的生活，所以在墾丁，可以擁有當時的他所有的夢想，他甚至想過要不要乾脆搬去墾丁住。不過，人生通常都會出現這個「不過」，不過後來他結婚生子，過去的浪子、才子，現在像脖子上綁了根繩子，一年頂多去墾丁一回，但他每次去墾丁，還是住在同個衝浪老闆經營的民宿、在同一個潛水教練帶領下潛水。年年如此。

他五十歲那年，我們幾個好友又計畫著一同到墾丁度個假，約好都不帶老婆，想回味一下青春歲月，而且，這回我們搭高鐵，兩小時就到高雄，開車上路。

我們還是住在小強的民宿老闆朋友那裡，這回老闆交給他一封信，「給我的信？誰呀？」小強看著寄件人名字有些陌生，老闆抓著頭說，「好像十年前就收到了這封信，只是一忙就忘了，前一陣子店裡整修、整理資料才發現，歹勢喔！」

等小強看完信、安靜了一下午，告訴我下面這個故事。

結婚前的那些年，小強都在週五晚上搭最後一班飛機飛高雄，航程五十分鐘，下機後租車到墾丁，潛水、衝浪、曬太陽兩天，週一早上再搭飛機回台北。

這天，幾個哥們都有事，小強獨自一人搭飛機到高雄，登機後，發現自己座位旁邊是個清秀佳人，白白淨淨的，頭髮不長，臉上化著淡淡的妝，上身穿白短袖T恤、搭配一條紅底白色棕櫚葉圖案、洋溢著熱帶風情的長裙，臉上帶著笑容，手上還拿頂巴拿馬草帽。

小強對她說，「不好意思，我坐裡面。」

通常，女性乘客寧可站起來讓別的乘客擠進去，畢竟不習慣跟陌生人有肢體接觸，但這個女孩子只是歪了歪腳，拿起手上的帽子側了側身，小強道了聲失禮，便擠進去自已的位置，女孩還是給他非常甜美的微笑。

小強覺得她的笑容非常溫暖，忍不住跟她聊起天來。

「妳要去高雄玩嗎？」

女孩笑著回應，「對！」

小強接著說，「喔？妳要去高雄，還是要去墾丁啊？」

女孩說，「我想去墾丁！」

小強高興的說，「我也去墾丁！妳對那裡很熟嗎？」

女孩說，「沒有，從來沒去過。」

小強立刻滔滔不絕推薦墾丁幾家有名的小店，以及適合潛水、衝浪的地方，女孩嘆了口氣說，「我不會潛水！」

小強聽了立刻想從座位上跳起來，他馬上說，「潛水這種事情，妳不要怕，就算不會游泳也能潛！到了墾丁卻不潛水，太可惜了，妳知道嗎？台灣墾丁的海底是全世界數一數二的美！有次我帶一個德國人去墾丁潛水，他潛了半天、浮上海面的時候，眼泛淚光，因為他沒看過這麼多美麗的軟珊瑚！」

女孩嚮往的說，「哇！這麼美啊！」

小強說，「是啊！我也忍不住泛起淚光，因為抬頭一看，在這麼美麗的海邊，赫然蓋了座核能電廠！」

女孩跟著嘆道，「真可惜啊！」

小強說，「是啊！聽說排出來的水，還會造成畸形魚！」

女孩聽到「畸形」二字，沉默了下來。

小強說，「哎呀！妳別擔心，這只是傳說啦！後來學者說畸形魚是因為水溫造成的，不是什麼輻射之類的東西，不用擔心，我的推薦不會害你的！」

女孩更沉默了，臉上原本甜美的笑容也暗沉下來。

小強說，「沒關係啦！沒關係啦！妳如果不想潛水，墾丁的沙灘也很美，一般人都去白沙灣，那邊的海，藍得很透明、很美，可是人太多！我發現一個很少人去的星砂灘，就在後壁湖燈塔的旁邊，不好找，所以人不多，那個沙子是星星形狀的，非常特別！你們這種美少女一定會喜歡的！」

女孩果然被逗樂，「我不是美少女了啦！不過，你說的那片沙灘聽起來就很美！我這次就是希望能在墾丁沙灘走一走！」

看到氣氛變好，小強更樂得繼續介紹墾丁、介紹這片有星星砂的海灘。

小強的個性很特殊，他是雙魚座，就是個濫情又博愛的星座，別人以為雙魚座很花心，但我研究發現，雙魚座只是受不了身旁有人不開心。

我記得有次我們約了幾個朋友出去旅行，他帶著女朋友來，發現另一個女孩子因為感情問題心情不好，他居然放下女友，整個旅程都在問這個女孩子「所以妳現在心情怎麼樣？」「難過可以說出來！說出來就好一半了！」「哎呀這是沒辦法的事情，但你們都已經訂婚了，我覺得他不會亂來啦！」

他幫別的女生出主意、想辦法、分析局勢，結果搞得他自己女朋友心情更不好。這就是雙魚座，很蠢！

而小強的蠢加上他才子的天性，讓他格外容易發生戀情，但也格外難以維持感情。因為才子只專注在自己喜歡的事情，他喜歡音樂、喜歡潛水，當他的女朋友就得要配合他，跟著他聽音樂、陪著他潛水，他基本上沒空關心女朋友的愛好，因為才子眼中只看得到自己喜歡的事情，其他所有的事情，他都沒興趣、也都不會！

因此小強的女友往往就是他的人生祕書，要負責幫他買便當、領錢、付帳單，還要記得他爸爸媽媽的生日，拎著他回去陪老人家吃飯，最好這女友還會開車，不然小強很容易發生車禍，每次擦撞他都說，「哎呀！我那時候腦子裡正在想一段曲子要怎麼轉怎麼接，哪有空注意前面的車子！」

回到飛機上，飛機很快就到達高雄，準備下機的時候，小強問女孩要不要搭他的便車？女孩沒多說什麼，反倒是空姐拿著一副拐杖對著他們走過來，女孩伸手拿了拐杖，道了聲，「謝謝！」

空姐說，「我們建議您最後下機，比較安全！」

女孩說，「我知道，謝謝！」臉上又出現了那種甜美的笑容。

小強有點迷惑，他壓根沒想到女孩需要拐杖！

女孩對著他笑了笑說，「我行動比較慢，你先走吧！」

小強頓時覺得自己如果就這樣走了，實在有失風度，他問女孩，「妳有行李嗎？我幫你拿！」

女孩指了指頭上的行李箱，小強打開，裡面除了他的吉他，還有一個背包。

「這個背包嗎？」

「對！」

他取下背包、取下吉他，本想幫女孩背上背包，後來一想，「我幫妳拿！」

女孩說，「不用啦！我可以！」

小強說，「到機場門口再還給妳！」

女孩看著小強手上的吉他，「你會彈吉他啊！好棒喔！」

小強說，「我是做音樂的，除了潛水、就是寫歌！」

兩人聊起音樂，等機艙的旅客都下機了，小強陪著女孩站起來，慢慢走出機艙，他看到女孩腳格外纖細，但又不好直接問，反倒是女孩先說了，「我腳不好！所以早就習慣自己照顧自己，你不用幫我揹啦！」

小強反而不知道該怎麼回應，他沉默的揹著女孩的背包，陪她慢慢走出去，難怪自己講到「畸形魚」的時候，女孩沉默了。也許她認為自己的腳就是畸形，他還一直要她去潛水，這不等於往她的傷口灑鹽嗎？

一陣愧咎感油然而生。雙魚座的小強有極豐富的同情心與同理心，他忍不住想當女孩的守護天使，當場轉頭跟女孩說，「這樣吧！我這次不潛水了！帶妳去星砂灘！」

女孩說，「不要啦！你本來都計畫好的！我自己可以去，我也習慣自己行動了！」

小強說，「起碼讓我送妳去墾丁！我租好車了！不然妳連要去哪裡搭車都不知道！」

女孩其實知道公車站就在機場旁邊，她出門前早就查好了所有資訊！但覺得小強這人也不壞，也就答應了。

「對了，朋友都叫我小黛，黛安娜的黛。」

「小黛妳好，我叫吳子強，可以喊我小強。」

「強哥你好，謝謝你！」

拿了租車，兩人在路上聊得開心，小黛已經預約了當晚的住宿，小強送她到旅店，給了她自己的電話號碼，告訴女孩如果願意，明天可以打電話給他。

小黛給了小強一抹甜美的笑容，謝謝他一路上的照顧。

小強說，「沒事！能有個伴聊，幸運的是我！」

然後他幫小黛把背包放進旅店的房間，才鄭重道別。

隔天小黛出門，看到小強居然開著車在門口等她！讓她沒機會拒絕。

上了車，小強說，「我回去想了一下，那個星砂灘實在太難找，天氣這麼熱，我怕妳光是問路，就曬昏了！」

小黛笑說，「我帶了防曬油跟水，到墾丁當然要曬太陽！」

小強問，「對了！妳為什麼想要到墾丁的沙灘？台北旁邊也有沙灘啊！沒那麼遠！」

小黛聽懂了小強的言外之意，如果要看沙灘，何苦自己跑這麼遠，還拄著拐杖！

小黛說，「你是說，我拄著拐杖，所以……」

小強尷尬的說，「我不是這個意思，但妳自己一個人行動，難免有點……困難。妳看！」小強指著滿街跑的出租摩托車，「妳又不能……租……車……。」小強自己也覺得這話題越解釋越尷尬，沒想到小黛還是笑容滿面的聽，毫不介意。

小黛說，「你說的沒錯，但我的夢想就是要赤腳踏在墾丁的沙灘上，誰說要一天之內就要做到？我可以搭計程車啊，或者慢慢走，累了就休息，慢慢走，也就走到了！你忘了，我帶了防曬油跟水嗎？」

小強，「何必呢？這樣吧！我想提議，這幾天，我們有緣，就讓我當妳的司機，帶妳認識墾丁，就這樣決定了！」

他也不給小黛婉拒的時間，直接說，「第一站，吃早餐！」

小強踩著油門，在路上快速前進。他先轉進恆春古城，在小轉角旁停車，小黛拄著拐杖下車時，小強已經熟門熟路的排隊，跟老闆娘買了兩斤鹹粿、指定半斤半斤裝、分成四份。

小黛好奇的看著賣粿小攤車上兩個大大的粿盤，老闆娘的兒子拿把刀子切開粿、再拿把鏟子鏟起粿，三切四塊，一量，果真每塊半斤！

老闆切粿的時候，這粿還不停的抖動，可以想見口感很有彈性，小黛問小強，「看起來好好吃喔！但是什麼是鹹粿？像年糕嗎？」

小強說，「這可是恆春在地人才知道的早餐，已經賣了幾十年！先吃吃看！」

小強付了錢，拿起一袋直接遞給小黛，小黛把拐杖夾在腋下，說了聲「謝謝」，雙手接過，小強又說，「等等，要沾這個醬油膏！更美味。」

他本來想把一小包醬油膏交給小黛，想一想，打開一包沾醬，直接倒入小黛手中的塑料袋，還幫他捏一捏、混合均勻，告訴小黛，「這樣就可以了！吃吧！」

小黛拿起裝在塑料袋裡的鹹粿、還微溫，張口咬下，混合了米香、醬油膏鹹香、又帶著蝦米、台灣式豬油油蔥酥的香氣，鹹中帶米的香甜、甜中又有種古早雋永的樸實感，她立刻眼神發亮的說，「這太好吃了！」

老闆娘在旁邊笑著說，「這是阿嬤做了一輩子的粿！」

小強說，「對啊！每次來恆春，早餐一定要吃阿嬤做的粿！一天體力就靠這個粿了！」

小強告訴小黛，「這是用舊米，就是放了一年的在來米磨成米漿，然後加上油蔥、蝦米，還有芋頭絲下去，一起蒸熟，全都是他們自己動手做，油蔥自己炒、米漿自己磨、芋頭絲都是自己削的！光蒸熟就要八小時，所以老闆娘說她一輩子都沒有睡好覺，大爐子，半夜兩點要爬起來再加一次水，才能在早上六點蒸好，放涼，賣給我們。得來不易啊！」

兩人同時咬下，又開口說，「好好吃啊！」

原本小強打算拿著粿、邊吃邊介紹恆春古城，但小黛吃粿就不能拄拐杖、拄拐杖就沒法吃粿，兩人便在路邊吃完了才走。

這天，小強帶著她看了白沙灣，又繞去星砂灣，小黛看到海就忍不住大喊，「哇！是大海耶！」

她找了個位子坐下，脫下鞋襪，小強想幫忙但不知從何幫起，只能幫她拿著拐杖，等她光腳，再把拐杖遞給她，小黛就這樣興高采烈的光腳踩在沙灘上、喜不自勝，小強忽然問，「妳想跑一跑嗎？在沙灘上跑的感覺不一樣喔！」

「我……我沒辦法……」

小強一把背起了小黛，帶著她在沙灘上奔跑。

「小強哥！哎呀！」

小黛忍不住笑了起來，她完全沒想到會這樣！一個素昧平生的陌生人居然揹著她在沙灘奔跑！

小強放下小黛時，小黛還是笑得很開心，「你怎麼知道我想在沙灘上跑？」

「我是雙魚座，會通靈！」

小黛坐在沙灘上休息、從背包裡拿起一張紙，打了個勾，上面一行一行的寫了好幾行字。

小強想靠過去看，小黛卻大喊，「不准偷看！」瞬間把紙條收回了包包。

接著小強帶小黛到大草原，一望無際的綠色牧草原又是另一種景觀，墾丁的大風讓牧草跳舞，這美景讓小黛驚嘆。

他們一路看、一路玩，小強過去可以當個任性粗心的藝術家，讓女友跟前跟後照顧他，但這回帶著行動不便的小黛，小強變成了那個顧前顧後、噓寒問暖，喔不，他們在大太陽下，所以小強不停的問「會不會太熱？要不要休息？」深怕小黛身體弱，受不了日曬。

小黛非常感謝小強的照顧，後來她說謝謝的次數多到小強拜託她別謝了！

「這些都是微不足道的小事！」小強說，「妳再謝，我就，我就……」

小黛好奇的問，「你就怎麼樣？」

「我就把妳推進海裡！」

小黛尖叫，「啊！千萬不要！拜託，我衣服放在房間！」

「好，小黛，那這秒之後，妳都別謝了！」

「好，謝謝。」

「嗯～！對不起！謝謝！哎呀！小強哥～不要推我！」

小強作勢要推她下海，當然，沒用力氣！看完海邊落日夕陽之後，小強說要帶小黛去不遠的車城吃飯，他說墾丁的餐廳都服務觀光客，沒有特色，反而是開車半小時的車城，有比較多美食。

他陪小黛走在車城的路上，這是個比恆春更老的、更少人的小鎮，一路上、有很多攤子賣洋蔥，「怎麼到處都是洋蔥？」

小強說，「喔，我第一次來的時候也好奇的問過，車城產洋蔥，一到夏天，七、八月就快賣光了！聽說是台灣最好的洋蔥，不然等下炒一盤來吃！」

兩人停了車，邊走邊聊天，路上人真的不多，但是小店裡、身旁的路人卻對他們投射奇怪的眼光，甚至還傳來這些小話：

「你看那個掰咖，水水啊捏，金可惜……」

水水就是閩南語漂亮的意思。

「係啊！」

小強的外型很陽光、曬得黑黑的，感覺就是來衝浪、潛水的運動型男，但是小黛拄著拐杖、蒼白而瘦小，兩人在一起確實不登對。

小黛很敏感，臉上甜美的笑容瞬間消失，僵硬了一下。

小強卻刻意攏一攏她的肩膀，很快的，小黛又擺出了甜美的笑容。那一瞬間小強才明白，甜美的笑容，其實是這個女孩的武裝。

晚上，他們吃海產，當然也點了炒洋蔥，過去都是女朋友幫小強剝蝦殼，但這次，他主動幫小黛剝蝦殼。

小黛怔住了，「你……你真的不用幫我剝！」

小強反問，「妳不喜歡人家幫妳剝殼嗎？」

「強哥不是啦！這樣你太麻煩了！我雖然腳不方便，但手很方便，我幫你剝好了！」

「不用啦！我都已經剝了！」

小強把一盤沙蝦都剝完，沙蝦是一種中型的蝦，味道很鮮美，小強剝完殼，將光淨的蝦肉放到小黛面前，自己拿濕紙巾擦了擦手指頭。

小黛說了聲，「謝謝，這我一定要說謝謝，因為我最喜歡吃蝦子。」

小黛談起從小愛吃蝦，一直都是爸爸媽媽幫她剝蝦，「媽媽還說，如果將來有男人願意幫妳剝蝦，那妳就……」她忽然安靜不語，

小強好奇的問，「就怎樣？」

小黛說，「就快點吃掉！然後說謝謝！」

接著她大聲的說，「謝謝！謝謝強哥賜蝦！」

兩人說說笑笑，忘記了路上奇怪的眼光。小強覺得這個女孩子很有趣，對所有事情都好奇，明顯是養在溫室裡的花朵，卻自己一個人跑到不認識的地方旅行。

小強忍不住問，「妳怎麼會想自己一個人出來？不要誤會，我的意思是，很多女孩子如果想旅行，都會約自己的姊妹淘一起出來玩！」

「我忽然很想來墾丁，你也知道，又不是每個人都可以說走就走，不如自己走，就跳上飛機衝過來。」小黛笑了笑，「你看，不也沒事！」

小強好奇的問，「是受到了什麼刺激嗎？失戀了之類的事情？」

小黛笑說，「沒有啦！難道你沒有忽然很想做什麼嗎？就好比要潛水啊！要衝浪啊！如果沒有人跟你一起，你還不是會去！我覺得，做這件事情的本身，就夠了！何必一定要受刺激！」

小強更加好奇了，「妳做什麼工作？星期一趕回去上班來得及嗎？」

「我沒上班！」小黛眼中看不出情緒來。

「還在讀書？」

「沒有，去年畢業了！」

「二十出頭？那妳自己soho？其實我也是，辦公室的椅子坐不住，所以開音樂工作室！妳做什麼？」

「其實，」小黛遲疑了一下，「我沒上過班！」

小黛開始講自己的事情，她從小身體就不好，經常進出醫院，「真的？小黛啊！你外表一點都看不出來，這個黛，是林黛玉的黛！」

「難道，是海帶的帶嗎？」小黛呵呵一笑。

小強跟著一笑，看來小黛的幽默感並沒有生病！

小黛說自己體弱多病，七八歲開始經常住院，跟同學維持著一種很奇妙的友誼，就是大家都知道他是班上同學，也經常整理筆記帶去醫院與他分享，每個學期，同學一定會簽一種很大的卡片，上面寫著——

「祝　小黛
　　早日康復
　　　　某年某班同學敬上」

然後卡片上有密密麻麻的簽名，小黛說，「小學時期很珍惜這些卡片，每個名字我都記得，後來，就真的搞不清了！」

從小學到大學，小黛成績都過得去，同學們也都常常告訴他，「妳要加油！我們在班上等妳回來！」她早就學會要笑嘻嘻的告訴大家，「謝謝，努力！加油！我最愛你們了！」

小黛說，「當然大家的感情都是真的，他們真的都很關心我，可是，其實沒人知道收到這張卡片的我，真實的心情。」

小強問，「難道，不開心？同學畢竟還是把妳放在心裡！」

小黛說，「小學一二年級的時候，收到卡片很開心，三四年級開始，每次住院我都好想快點回去上學，等到五六年級，開始認命了，知道我未來應該就是有時候學校、有時候醫院，兩邊跑來跑去。」

小強說，「那妳的意思是，他們跟妳不熟？」

小黛說，「倒也不是，畢竟我還是會去學校，也都知道誰是誰，可是我缺席了，他們重要的事情，我都不在。好比體育比賽，我沒機會參加，沒機會跟他們一起大喊加油！我雖然是班上的一個名字，但是好像住在無菌室裡，大家都看得到我，可是我摸不到他們，只能跟他們微笑揮手說你好啊！謝謝！」

小強奇怪了，「為什麼要對同學說妳好，謝謝？」

「因為，他們能幫我的忙，但我沒辦法幫他們，我對他們的一切都幫不上忙，但他們卻不停的幫我，幫我送課本、寫筆記、帶考卷，每年還會帶兩張大卡片給我；而我能給他們的，往往就是生日的時候，媽媽幫我準備一袋小蛋糕，還要請同學幫我發，因為我沒有辦法邊撐拐杖邊發東西。我只能說謝謝，謝謝，謝謝。對這個世界，我只能說謝謝！」

小強說，「但我覺得妳的同學應該還是很喜歡妳的！所以才願意幫妳準備筆記課本資料什麼的，妳只是覺得施予受之間不平衡。」

「是啊！我永遠都是拿的那一方，我爸我媽、老師、同學，你看，現在自己一個人跑出來，還是要麻煩你！強哥，謝謝你啊！」

「小黛，妳這樣講，我很難接啊！不過人都是這樣的啦！一個願打一個願挨！」

兩人離開餐廳，開車回墾丁，已經快要晚上九點半，小強送她到旅店門口說，「妳不要誤會，但我想跟妳繼續聊天，可以嗎？」

小黛也意猶未盡，「好啊！去哪裡聊？」

小強說，「我住的民宿，是我一個朋友開的，那邊有飲料、點心，很方便，一起去看看？」

小黛的眼神一變，說，「你不是壞叔叔吧！」

「拜託！我從小學音樂！」小黛說，「這有什麼關係？」

小強補充說，「妳沒聽過學音樂的孩子，不會變壞！廣告保證我不會變壞！」

小黛笑著說，「強哥，你也太扯了！」

小強朋友原本開的是衝浪店，但愛衝浪的人太多，他乾脆經營起民宿，晚上最熱鬧，喜歡衝浪的、潛水的人一起聊天吹牛，這天看著小強帶著拄拐杖的小黛回來，大家不知道該說什麼，漸漸就散了。

小黛有些介意，「是我害你們聊不下去吧！」

小強說，「沒關係，他們害羞吧！沒見過妳這麼漂亮的小妞！」

兩人坐在沙灘上繼續聊天，小強問小黛對於人生的夢想是什麼？

小黛說，「很簡單，就是結婚、生幾個孩子、然後在孩子早上賴床不起來的時候，打打他們的屁股、順便再罵罵老公！」

小強哀號道，「這是什麼夢想啊！太寫實了吧！」

小黛幽幽地說，「小強哥，但對於我，是非常非常虛幻，像哈利波特一樣虛幻啊！哈哈！」

小強看著她笑，忍不住也笑了。他們就這樣說說笑笑，看著星星堆滿天，甚至聊到東方魚肚白！

小強說，「小黛，妳不要誤會，但妳要不要到我房裡窩一下？」

小黛說，「我想看日出！」

「看日出，好啊！我奉陪！妳會冷嗎？」

小強進屋裡，拿出兩條毯子，遞小黛一條。

小黛說，「這次我不說謝謝了，強哥，只希望每年都能有這麼一天，能盡興的聊到天亮！」

「好啊！我奉陪！」

兩人就躺在躺椅上等著日出，只是沒多久，小強開始打呼，越打越大聲……越打越大聲……

等小強被豔陽曬醒，小黛已經離開了！

他開車去小黛的旅店，老闆說小黛已經check out離開了。

就像一場夢一樣，小黛沒留下任何聯絡資訊，徹底消失了。

小強有些意外，但他還是繼續衝浪、繼續潛水。而且每年的這幾天，他會到墾丁，住在這家民宿。

五十歲這一天，他拿到的這封信，信封上面寫著「墾丁某某民宿給小強哥」。

打開來，信是小黛寫的，但信封上不是小黛，是一個叫做「陳麗鳳」的人。

小黛的信是這樣寫的，

小強哥，你還記得我嗎？我是小黛、我們一起看日出。你應該知道我的腳不方便，但我實在說不出口，我得了一種好不了的骨肉瘤，好發於年輕人，見到你的這天，主治醫師告訴我，我的腫瘤長大的速度，已經超過了他們燒灼的速度，換句話說……沒辦法了。

可是怎麼辦？我還有好多心願，在我的包包裡的筆記本上寫了我的心願，第一條就是我要看海、而且是墾丁的海，我還希望能在墾丁的沙灘上奔跑，就像所有偶像劇一樣，我猜，是沒有人會喜歡有這樣身體的我，但我還是很想在沙灘上奔跑、吶喊、墜入愛河。

你幫我完成了第一條心願。

第二條心願是有人幫我剝蝦。因為我媽媽總是說，願意幫你剝蝦的人，是真心的愛你，好比她對我。

本來這條我根本不抱心願，但你也幫我做了。在我沒有預料到的時候。

第三條，我一定要看到墾丁的日出！

這條，我做到了！可惜你睡著了。

其實我還有很多心願。這些心願有的無聊、有的微小，歸結起來，我很希望能夠談一場戀愛，但是這樣的身體，這樣的病況，我不想增加別人的負擔，更不希望成為別人生命中的陰影，因為我就要離開了。

坐上往高雄的飛機前，我打了電話跟當時的男朋友，也許算是男朋友吧！說了我的病情，我告訴他未來還是不要聯絡吧！畢竟我們都知道未來是什麼。

我沒有哭，他也沒有。我跟他說，我們就瀟灑的分手！我要往天空的盡頭飛去！他沒說什麼。我知道他的家庭負擔也重，從我們開始交往，他的媽媽就很擔心，其實我的爸媽也很擔心，因為愛情，對我來說是奢侈品。

掛下電話，我就搭車到機場買了機票。如果愛情這奢侈品我無法擁有，飛往墾丁的機票，我買得起。

後面的事情，你就知道了。因為你就在我的座位旁邊。

抱歉，我在日出之後先走了。謝謝你，帶給我可以細細回味一輩子的一天。裡面有鹹粿、有夕陽、有沙灘、有日出、有蝦還不必剝蝦殼，而且，真的有洋蔥！

回到醫院，我躺在核磁共振的機器裡，以前都會冷得發抖，但這次，我想像著墾丁的太陽暖暖的照在我的身上，彷彿還聽到了你的鼾聲……小強哥，你的鼾聲真的很大、很大，記得，有空要去看睡眠中止科喔～我可是從小跑醫院的萬事通小姐！

那我就不說謝謝囉！

小黛

信封裡還有一張小紙條，署名陳麗鳳，寫著──

你好，小強哥，我是小黛的媽媽，她已經在今年九月作仙了！她離開之後，我們發現她寫了很多信，放在抽屜裡，有小時候的同學、大學同學、社團朋友、還我們這些家人，其中還有一份給「小強哥」，因為我不曾聽他說過你，問遍了他的同學，也沒人知道你，但信封上有民宿的名字，就冒昧拆開看了之後，寄來試試看，希望你能收到。

七月那天，她看完醫生，聽完報告，什麼都沒說，只說要去上廁所，我就讓她自己去，沒想到她居然跑出醫院，我跟她爸爸都急死了、怕她承受不住。問她男友，男友說她只說了要瀟灑分手，要往天涯的盡頭單飛。我們更急，甚至聯絡了警察。

星期天，她自己回來，我發現她心情好多了，但怎麼問，都問不出她上哪去，她說是祕密！

小黛從小病痛不斷，我經常告訴她，上天會給她能夠負擔的功課，而她是那個特別優秀的人，所以功課特別難，但生命總有奇蹟。

她回來之後，抱了抱我說，「媽！我真遇到生命裡的奇蹟！」讀了這封她寫給你的信，才知道原來你就是她生命裡的奇蹟。

千言萬語，還是要說聲，謝謝你！

小黛的爸爸媽媽　敬上

小強說，他猜到小黛可能有什麼困難，但他居然猜是失戀，小黛當時心理一定很憤怒，這就好像有個人得了癌症四期，說身體一直不舒服，你卻問他，是咳嗽嗎？我也是。

他後來每年都來民宿住住，想看看當年忽然消失的女孩會不會再來，看了信才知道原來兩個月之後，她就已經過世了。

我問小強，這段相遇給他什麼嗎？為何念念不忘？

小強說，「我本來覺得結婚生子是很無聊、很沒意思的事情，跟衝浪、音樂、潛水比起來，無聊得太多了！可是小黛的夢想居然是這些，這讓我嚇了一跳！後來認識我老婆之後，我想，也許，也許，也許跟她在一起，日常生活也能變得很有意思，就變成現在，脖子上拴了條繩子，想跑也跑不掉了。」

這，就是我那個才子朋友小強哥的故事。

07 博士的祕密

今天，要來說說我朋友，博士的事。

博士當然不是他的名字，這是我們給他起的綽號。因為他動不動就愛說，「我好歹也是個留美博士！」他可以從「投資有問題可以問我！好歹我也是個留美博士！」到「最後這塊肉我吃了吧！好歹我也是個留美博士！」總之，任何事情都可以接上這麼一句，誰叫他是博士！

最近我們群組裡接到博士氣急敗壞的語音短信，他用略帶結巴的嗓音說，「完了完了，我……我我……我毀了！拜拜拜……託各位哥門！趕快幫忙想想辦辦……法，我就靠你們了！」

這個群組裡都是打球認識的球友，當然義不容辭，紛紛回復「怎麼了？」「一定幫你！」「哪裡見？」

博士約了大家球場見，最後留下一句，「網絡不能說，見面再聊！」就消聲匿跡、不再回應，所有短信沒讀、沒回，更加深了大家的疑惑。

我們在群組裡一陣瞎猜，結論是，博士一定被人設局偷拍了光溜溜的影片！看他這麼緊張，內容一定很敗德！大夥一陣胡猜，當場讓博士成了色情狂。

其實博士是我這批球友當中最貨真價實的正人君子，電機系畢業，去美國改讀MBA，還拿到管理博士；從美國回來後就進入大公司，接著一步一腳印，十年換一家公司，慢慢爬上了大公司的副總位置，在公司一言九鼎，道貌岸然！

但在朋友面前常被虧，像我特別喜歡開他玩笑，因為他有種書呆子的氣質，生起氣來特別好笑。我壓根不相信他會做出什麼離經叛道的事情，因為他根本不是這塊料！

據說當年博士還在新婚期間，有次博士太太一大早，穿了件在「維多利亞的祕密」買的性感連身內衣lingerie，是性感的沙漠玫瑰色、全身鏤空薄紗蕾絲、搭配一條綁著蝴蝶結的小內褲，對他說，「老公！你可以把我綁起來，做任何事！」他就高高興興的把太太綁起來，然後高高興興打球去了！

他就是這樣一個高球傻子，向來慢條斯理、篤信「事緩則圓」，到底為了什麼事情愁眉苦臉？眾人猜了半天，怎麼@他，刺激他，他都不再回復。

聚會這天，大夥在球場上看到博士，他皺著眉說，「打完球再說吧！」他這場球打得荒腔走板，加倍失誤，遇到沙坑就進沙坑、遇到水池進水池，還打進樹林兩回。本來我一定會狠狠的嘲笑他，但這回，實在不忍心落井下石，只說他打球的氣勢好像是TIGER WOODS；這話說到博士喜上眉稍，因為他一直把老虎伍茲當哥們，伍茲在二〇一八年九月才又拿下闊別五年的PGA巡迴錦標賽冠軍，是舉世注目的大事！

我隨後補上一句，「不過是二〇一八年九月之前的那隻TIGER！」瞬間，博士的眼神又失了光彩，讓我覺得有點罪惡。

十八洞打完後，大夥照例到北投的金春發吃飯，這裡是百年牛肉店，連台灣首富郭台銘都常常上門，只是食物好、但裝潢不佳，很適合我們球友聚會，可以東聊西聊大吹牛。

大家點了咖哩炒麵、切了牛肉、牛筋、毛肚、還有招牌的清燉牛肉湯，博士喝了湯，嘆一口氣，「唉！拜託大家手機先關機，能拆電池的就拆電池！」

眾人紛紛看自己的手機，都什麼年頭了！根本不知道該怎麼拆掉電池。博士又拿出一個鋁箔紙內裡的袋子，「來，把手機放裡面！」

有人問，「這什麼東西？」

博士說，「手機屏蔽袋，專門截斷手機訊號的！」

眾人遲疑了一下，這年頭手機跟命一樣，怎麼可以隨便交出去！

博士說，「手機不安全，我怕我們的談話內容外洩！拜託了各位！」

他率先將自己的手機放進屏蔽袋，我們接著照辦，有時候團體同儕是種壓力，一個一個，手機都進了袋裡，博士嚴密的封上袋口。

這時候我說，「到底怎麼了？神祕兮兮的？」

博士說，（對了！為了我們敘事順暢，在此就省略了博士結巴的習慣，各位可以自己想像）他看看左右，小聲的說，「有天，我忽然接到了一個短信，上面寫著些很奇怪的事情，看了，讓我很不安……」

我又問，「到底寫了什麼？這應該就像詐騙電話，都亂槍打鳥的！」

博士說，「沒那麼簡單，因為他寫了些別人不可能知道，只有我知道的祕密！……你就別問了！」博士又說，「短信裡還說，如果不想讓我的親友都知道這些事，就要付他五十個比特幣！然後附了帳戶！」

開公司的小葛追問，「比特幣？我沒用過，五十個多少錢？」

博士說，「兩千兩百萬台幣！」

小葛說，「這麼貴？」

博士說，「最近還跌價，之前一個就要兩萬美金！」

小葛搖搖頭說，「要我是你，就讓他公布好了！就光個屁股，哪值那麼多錢！」

博士反射式的回答，「什麼光屁股，我才沒有光屁股！」

我忍不住追問，「那你到底做了什麼事情？對方想勒索這麼多錢？」

博士的臉瞬間發紅，看起來兩隻耳朵都發紅發燙，他說，「哎呀！這不是重點啦！我是很擔心他怎麼知道我的那些事？」

這種避而不談的態度，最起人疑竇了！我想，博士，一個大公司的高層主管，到底做了什麼事情？能讓人抓到他的小辮子，而且是在他電腦裡的事情……。

小葛說，「不必否認，你一定是被人家仙人跳、還拍照了吧！」

另一個做房屋代銷的朋友接著說，「哎呀！我真沒想到，博士你……你這就見外了，你有需要，……可以找我介紹啊！有些『朋友』，不能亂找啊！」

博士窘極了，趕緊說，「沒有，沒有仙人跳，我沒有……我沒有……哎呀！我不想跟你們講，就是知道你們一定會亂猜！我，我再怎麼說，也是美國博士！」

我「嗯嗯」的清了清喉嚨，開口說，「博士啊！你不是要找我們出主意嗎？現在整個情況不明不白的，醫生看診也要問診啊！該說的你要說清楚！」

博士遲疑了一下，「你們千萬不能說出去！」

在大家紛紛保證之下，博士終於開口了。

博士告訴我們，那封短信上明明確確寫著他的名字，原來這個人知道他在網絡上的一些行為，還說他的品味不錯，重點是，這個黑客已經在博士的手機裡面放了病毒，如果不付錢，他就把博士看的這些內容，傳給他通訊錄上所有人看……。

博士慌張的問我們，「他說的是真的嗎？真的可以做到這樣嗎？」

陰謀派的小葛說，「這應該是另一種的仙人跳！他們就是知道你有這方面的嗜好，在網站裡埋病毒，等你上鉤！這可麻煩了！」

博士說，「我後來上網查了些資料，理論上這是有可能的，可是實際上呢？我不認為手機這麼容易被駭客入侵……耀德，你是做電腦的，拜託你幫我想想看，現在怎麼辦？」

耀德的公司確實是做電腦的，不過，專門做的是電腦機殼……，但他已經是我們之間的科技通，因為他們公司有很多宅男工程師，整天上網抓片子，什麼片子？

就是……沒什麼對話的那種片子！

只要工程師傳給耀德，他就會轉給我們，因此，他就成為大家眼中最厲害的「科技通」。

耀德開口了，他講話的節奏很快，代表他是跳躍性思考，我們有時候跟不上他的邏輯，「勒索這事情很常見……最近我們一個客戶就付了一大筆比特幣，因為他的電腦硬碟鎖住了！損失很大。」

這話大家倒是聽懂了，博士問，「那我怎麼辦？」

耀德說，「就是性價比cp值，你的損失跟要給他的價格比一比，損失大，就給他，損失小，就不給！要我是你，我就不給！」

博士說，「為什麼？」

耀德說，「乏善可陳！」大家又聽懂了，因為他的生活很無聊，駭客駭到的就是些無聊東西，沒用！

瞬間，又勾起了大家的好奇心，我說，「博士，真看不出來！會咬人的狗，真的不會叫！」

博士臉上有種特別尷尬的神情，他無法跟耀德一樣，兩手一攤說，老子就這些屁事，你駭客再厲害，別人也沒興趣！

我們都用「你到底做了什麼壞事？」這種疑惑眼神，重新打量眼前的博士。

我認識的博士真的就是個老實人、大好人，難道他？嘖！難道他？嘖嘖！每個人都在腦中轉著各種「難道他」，如果把這些畫面一一拍下來，就能反應每個人腦海中的性幻想，那些畫面真是限制級再限制級，不堪入目啊！

博士被我們逼急了，只好拿出那封短信。當然，他沒開手機，而是早把這則讓他寢食難安的短信印出來。現在他覺得手機就是魔鬼，會出賣他的一切！

這張紙上面寫著，

「嗨，我知道你曾經看過色情影片，題外話，你的口味很不錯，沒穿衣服的『神力女超人』確實很正。但重點是，我在那網站放了病毒，已經完整記錄下你上了哪些網站，看了哪些影片，相信你的家人、朋友、同事、老闆都有興趣知道……。」

「啐！搞什麼啊！就這樣？這也太小兒科了吧！」眾人紛紛站起來，打開手機屏蔽袋，取走了自己的手機，就要走了。

博士慌張的說，「欸欸，你們怎麼走了！這真的很嚴重啦！」

我比較好心，沒走，因為我的牛肉麵還沒吃完，我邊吃邊開導他，「博士啊！你放心，這年頭誰不看A片，一點關係都沒有，不是道德瑕疵，大家還會讚美你，不錯喔！

博士，更年期還沒到喔！永保青春喔！搞不好你的下屬還會跟你交換片子呢！」

博士被逼急了說，「我，我還有點事情沒告訴你們，對了，聽說現在可以遠端遙控，……手機上的攝像頭，不知不覺……就把一切都側錄下來……這是真的嗎？」

我說，「理論上應該可以！怎麼了？」

博士說，「我，我，我，我擔擔擔心……」

我慢條斯理吃了點麵、喝一口湯，說，「擔心什麼？」

博士越來越小聲的說，「我，我，我在看片子的時候，可能，我不記得了，可能……還有一些動作……不知道會不會……就給錄下來了……」

我口中的牛肉原本味道極為清甜，這是當天新鮮牛肉快速用高湯川燙才有的風味，不過聽了博士的「告白」，忽然咽喉湧起一陣酸水，「行了行了！你別說了！」

我嘆口氣，放下筷子，站起身來，「博士，你放心，就算你真的有……動作，也沒人想看一個幾十歲的老頭……嗯嗯嗯，所以別擔心，大家看到，只會直接罵髒話，然後把影片丟到垃圾桶，再按立即清空！留都不會留，所以別煩惱了！啊！我先走了！」

我頭也不回的離開，因為真的暫時不想看到博士的臉，免得又聯想起他可能的那些動作……

這些事，絕不是我的事，都是我朋友的事！

08 都是Armani惹的禍

今天，要來說說我大表妹跟她老公的故事。

我的大表妹小珮，長相是很漂亮，可是個性太囉唆，從小就喜歡叫我幫她這個那個，整天纏著我問東問西，這感覺很像海裡面的大鯊魚旁邊跟著一隻吸盤魚，時不時就黏一下，甩都甩不掉。我很小就發誓，將來長大絕對不交我表妹這種女生當女朋友！

幾十年過去，我這大表妹也變成了老表妹，但她每次看到我，還是會用撒嬌的語氣要我幫忙想想辦法，還是整天「表哥！」「表哥！」沒完！只是她最近比較憂心的是自己的老公。

對於表妹的老公明光，我發自內心的同情，我以為明光應該會成為讓表妹吸附的大鯊魚，但沒想到，表妹才是大鯊魚，把明光管得透不過氣！

明光以前當法官，四十多歲轉換跑道，當起律師。小珮曾經憂心忡忡地要我勸勸明光繼續當法官，不要一切向錢看，法官的社會地位比較好！後來她發現律師收入遠遠超過法官薪水，也就不再煩惱社會地位降低這件事；而且本來小家碧玉的小珮，從法官夫人變成律師夫人之後，開始有了富家太太的派頭。

小珮有次告訴我，別看明光好像是精明的律師，她曾經靠著一顆雞蛋，抓到明光心懷不軌！

「一顆雞蛋？怎麼抓的？」

小珮說，「我們常去吃一家火鍋，還滿好吃的，這家店提供一顆生雞蛋，可以煮粥也可以當沾肉的佐料，但明光都不要，如果是你，你會怎麼處理這顆沒吃的蛋？」

「就放著！不然呢？」

「他居然可以老遠捧著一顆蛋回家，我要他別帶了，萬一半路捏破，弄滿身蛋白，多臭！他說，那不浪費！所以每次吃、每次小心翼翼的帶回家！你看他有多小氣！」

「然後呢？」

「有一天，我發現家裡冰箱多了一顆蛋，明顯跟我買的蛋長相不同，我就問他是不是去吃火鍋了！他立刻嚇得支支吾吾的，『啊』了半天說不出話來！」

「他自己去吃火鍋，沒問題啊！」

「吃火鍋當然沒問題，可是，他為什麼一聽我問，就像見了鬼一樣，太詭異了！我當然問他跟誰去吃的，他結結巴巴的說，『沒沒沒有，我自己去的！』」小珮說，「我才不信呢！」

後來小珮逼問出，明光帶新來的漂亮女助理去吃了火鍋，他擔心小珮多想，所以沒說實話。但小珮才不信，如果沒事，又何必遮遮掩掩說謊話！總之兩夫妻就為了這顆雞蛋鬧了一陣子。

小珮後來問我的意見，「表哥，你看他，會不會真的外遇啊？」

還記得那次我告訴小珮，「妳啊！當心嚴官府出厚賊！」這是句俗諺意思是管得越嚴、小偷越多。

經過這次「雞蛋之亂」，在我心中，明光給我的印象就是個兩光的律師，傻傻的、辦事不牢靠，吃個火鍋、光明正大，男子漢大丈夫有什麼好怕的？明明可以輕鬆帶過，卻弄得好像讓老婆抓姦在床，還名律師呢！這明光，太兩光！

不久，有次朋友有些法律問題，我想明光當過法官，知道法官是怎麼思考，跟他討論之後，才發現我這個表妹夫不簡單，邏輯清晰，而且講起事情來通情達理，這樣的人才當法官很好，但更適合當律師，三兩下就釐清了所有爭議。

聊完正題，我為了表示感謝，晚上帶明光去喝喝酒，結果他喝多了、原形畢露，才發現他原來是個悶騷型的人。這種人平常壓抑，看不出狀況，可是一出事情，絕對是大條的！

不久，小珮說有重要的事情想問我的意見，她一見我、紅著眼眶說，「那個呆子，他真的以為我很笨！隨便就讓我抓到了！」

我想，大概明光又有事了！就問小珮，「難道這次，他又帶顆蛋回來？」

「不是！」小珮嘆了口氣，「我發現，我真的太了解他了！」

原來，小珮其實不知道明光有外遇，只是覺得他很詭異，後來起了疑心，才查到明光真背著他搞鬼。

我說，「怎麼回事？」

小珮說，「他幾個月前開始就怪怪的，首先是衣服，忽然開始繫領巾！就那種一坨絲巾，塞在領子裡面的！看起來很像身體虛弱的反派吸血鬼！」

我說，「哎呦！領巾很挑人戴，他怎麼敢試？」

小珮說，「他說，有次上節目談法律，造型師幫他搭的，很多人都說帥！他就找了一堆領巾換著戴。」

「這是好事啊！台灣男人太不注重外表，他有心改變，你應該鼓勵他，幫他出點主意！」

「我才不管他呢！可是後來，他居然主動修鼻毛！」

我哈哈一笑，「我也天天檢查鼻毛啊！」

小珮說，「哎呀！他這人很噁心，我常提醒他鼻毛修一修，難看死了！好一陣子都沒注意他，結果最近一看，居然一根都沒有外露，乾乾淨淨，再仔細一看，他居然連眉毛都修了！」

「你們這些老婆實在很難取悅！不整理就罵髒鬼，整理了，就懷疑是不是出軌！」

小珮說，「最詭異的是，他跑去做指甲！」

「做指甲？」

「他本來都在客廳拿指甲刀咖咖咖的剪一地，從來不掃的！我每次清理都一肚子火！但是最近他的指甲居然剪得很漂亮，還拋光了！亮晶晶的，保證絕對不是他自己弄的！因為客廳沒有指甲屑，每根指甲的長度都不多不少剛剛好！他的手，看起來比我的手還漂亮！」

小珮伸出手給我看，她徐娘半老，臉做過微整型、看起來還美麗，可是手瞞不了人，膠原蛋白全跑了，看起來就像雞爪、上了指甲油的雞爪。

我說，「這確實有點詭異……可是還是沒辦法稱得上是證據，都只是懷疑！」

「後來，我發現他買了新內褲！不再穿我買的白色三角褲……我就想……？」

我接著說，「要見客了！」

小珮說，「我也是這樣想！所以那天一早，他穿上全套Armani準備出門，我全身的警鈴都響起來！」

我又不懂了，問小珮，「律師，穿西裝！哪裡怪?!」

小珮說，「這你就不知道了！他那套西裝只有在什麼獅子會、扶輪社、律師公會開會，這種像男人選美大會的場合，他才會穿，平常連喝喜酒都懶得穿，因為他超小氣，不想花錢送洗！我當然問他，去哪裡？他跟我說，開庭！哼！絕對有問題！」

我說，「所以妳就跟蹤啦？」

小珮說，「當然！這麼熱的天，穿整套西裝開庭？我才不信！果然就被我抓到了！」

小珮告訴我，她一路跟蹤明光的車，發現他在路上接了一個女的，直接去開房間，小珮激動得跳下車逼問，才知道這女人，居然是明光做法律扶助的公益律師時認識的女性，他幫這個女性打贏離婚官司，還取得子女監護權。

想想也有道理，像法官、警察、律師這類人，通常都很有正義感，喜歡打抱不平、伸張正義，看到弱勢就想拉他們一把、呵護他們平安茁壯；可是呵護呵護，往往也容易搞不清楚彼此之間到底是同情、溫情、溫暖還是愛，就掉下去了。

尤其明光是個悶騷的人，嚴謹了一輩子，以為終於可以偷情一下子，得意忘形，渾然沒發現小珮就跟在後面，這下子人贓俱獲，大律師也難以辯解。

我說，「小珮，妳也太厲害了！在古代妳就是明察秋毫的包公了！」

小珮嘆口氣說，「你知道嗎？他外遇的對象是個美甲店的小姐，我只要想到那個女人拿著他的手指頭一隻一隻慢慢磨、慢慢捏、還幫他修眉毛、修鼻毛，我就噁心！就不要說後面的事情了！」

我說，「後來呢？你們打算怎麼辦？」

小珮說，「我也不知道，所以想問你的意見。……其實抓到他，一點也不開心，老夫老妻了，接下來怎麼辦？要離婚嗎？好歹我們已經走了幾十年，可是不離婚，我又不甘心！」

我問，「你們夫妻之間的問題，我都沒有意見，看妳自己決定，但如果沒有離婚的打算，就給他一點教訓。」

小珮說，「我也是這樣想，他那麼小氣，我那天一回家，就叫他簽一張沒有面額的支票，我告訴他，只要我心情不好，就把支票存進去，把他戶頭的錢領光！讓他肉痛一下！所以他整天小心翼翼的，深怕我不高興。」

我說，「這樣妳應該比較開心吧！」

小珮說，「有什麼好開心，我要支票，根本不是要那筆錢！」

我說，「喔？」

小珮說，「你們這些臭男人以為我們眼裡只有錢，重點根本不是錢！我是想看看他到底什麼態度！」

「喔？」

「我本來打算，如果他推三阻四拒簽，那鐵定就是不想要這個家了，應該滿腦子想著脫產、藏錢，沒多久就會跟我提離婚！」

「好在他立刻簽了！」

「是啊！總算還有點良心。」

「好啦好啦！那妳老公現在怎麼樣？還敢穿Armani嗎？」

「他啊！假釋期間，什麼都不敢！連內褲也換回來了！」小珮嘆了口氣，「唯一的好處，是他總算知道，要檢查鼻毛了！」

我看過一部好萊塢電影，有對明星夫妻參加晚宴，現場杯觥交錯、五光十色、輕歌曼舞、看起來兩人都十分愉快。可是太太回家之後開始收拾行李，老公問怎麼了，太太說，「我想我們先分開一下，好好考慮要不要離婚！」老公說，「妳瘋啦！」太太說，「你跟那個泰瑞莎是不是有染！」老公嚴正否認，要太太別胡思亂想，沒證據不要亂說話，太太冷靜的說，「你最好承認，不然我們立刻離婚！」

老公遲疑了一下，脫口問，「妳怎麼知道的？」

太太冷冷的說，「因為你倒酒給她，她沒說謝謝！」

各位，你以為娶回家的是個普通女人嗎？不！所有的老婆，從結婚的那一天起，都自動變成偵探、律師、法官；萬一你再不尊重老婆，那他們可是會變成法醫，專門驗屍的那種！

這些事，真的都是我朋友的事，都不是我的事！

09 瑜伽老師

今天，要來說說我朋友，財務駙馬爺，定和的故事。

我的朋友定和是一個按部就班的人，他在老婆Rita的爸爸、也就是岳父經營的製鞋工廠裡做財務，所以我們都喊他「駙馬爺」。

定和的性格很適合做財務，老成、保守、值得信任，總是為了公司的資金調度、匯率、投資憂心，剛過四十，人到中年，應該意氣風發；但他總看起來深沉，眉頭總是深鎖，明明比我年輕，可是看起來比我還老！

但最近一年，定和的身材忽然變好了，而且看起來神采奕奕！有句俗語說得好，「借問外遇何處有，就在老公健身時」，我心想，他肯定有「事」了。

在一次聚餐裡，我們聊起健身。我說，「你最近瘦很多！而且，容光煥發喔……！」

定和說，「對啊，每週運動！」

我問，「做哪種運動？」

定和笑說，「Rita拉著我去她的瑜伽課，說跟我賭，瘦一公斤，她給我一萬，胖一公斤，我給她十萬！」

我說，「跟老婆做瑜伽？一起上課的應該不是婆婆、就是媽媽吧！一群歐巴桑！就像陪媽媽上菜市場！擺明了你老婆要坑你！」

定和反問我，「不會喔！教室裡面很多辣妹，對了！你上過瑜伽嗎？」

我搖搖頭。

定和說，「只要是男人，都應該去感受一下啊！」

他聊起第一次上瑜伽的經驗，定和說，「走進教室裡，裡面當然不少歐巴桑，但總有兩三個年輕女孩，穿著又緊又短的瑜伽服，我一走進去，眼睛都不知道該往哪裡擺，前面是屁股、左邊低胸、右邊露腰，哎呀！抬頭看前面的鏡子好了，哇～剛好看到一個女孩子對著鏡子喬奶，我想，她根本忘了教室裡還有男人！」

我說，「你是不是特別選女孩旁邊位置?!不然圍一圈歐巴桑，往哪看都頭疼！」

定和說，「不，我們到得晚，大家都選位了，我本來想躲在角落比較不尷尬，可是，只有年輕女孩旁邊的位子空的，Rita不去、要我去！」

我說，「喔？她怕站在年輕的肉體旁邊，壓力太大？」

定和說，「會這樣嗎！Rita身材沒變形啊！我倒是沒想過這點！」

我說，「我去健身房，那邊的歐巴桑都搶著討好大肌肉男老師，你們也會嗎？」

定和說，「這個瑜伽老師很漂亮，叫Rebecca，身材真得很好，很勻稱又有氣質，只是第一個動作拜日式，她站著彎腰下去、手按在地板、慢慢抬起上半身，那個胸部……」

我問，「怎麼樣？」

定和說，「從我的角度看，快掉出來了！」

我譏笑他，「這樣你就滿足啦？」

定和難得顯露本性，趕緊回答，「哈哈！不是這樣啦！你想到哪裡去了！我只是覺得她們這些練瑜伽的女孩子，穿衣服的尺度好大！好像真的很怕熱，前面挖個洞、後面挖個洞……」

我笑著說，「可是你不能光看，也要做啊！我看瑜伽動作都很痛，都違反人性！」

定和說，「我一開始練的時候，身體當然僵硬，但硬有硬的好處……」

他笑了起來，「任何動作，我都忍不住哀哀叫，根本做不到，連彎腰都是硬的！結果……」

定和笑的合不攏嘴的說，「老師就過來摸摸這裡、摸摸那裡，最後，她還兩隻手貼在我的背上，慢慢的用她身體的力量，壓下去……超舒服的！我真沒想到，瑜伽課這麼……哈哈，我還能聞得到她香香的味道……！」

這番話聽得我也很想「上」瑜伽課。

忽然想到定和的老婆Rita也在課堂上，問他，「跟老婆一起上課，OK嗎？」

定和嘆了口氣，說，「唉！後來，就沒有這種福利了！」原來上了兩個月之後，Rita

硬要說她逮到定和透過鏡子偷看那些年輕女孩的胸部！

我沒問他「你有嗎？」這種遜問題，這種畫面多養眼！一排女孩彎腰，哎呀！多好啊！誰不看啊！要我知道做瑜伽是這種狀況，我早……！

我問他，「你不會光看胸部吧！」

定和笑了，性格保守的他難得打開話匣子，他說，「我對屁股比對胸部還認真！」

他說，光是最簡單的下犬式，就很好看！

下犬式的手腳貼地伸直，臀部往上，看起來就像個三角形。臀形毫無保留、一覽無遺！心曠神怡，美不勝收！定和還分析年輕女孩臀部的特色，什麼水蜜桃之類的都用上了，但限於篇幅與尺度，在此不與各位分享！

總之，Rita發現定和上課不專心，決定杜絕「外界」影響，團體課程上兩個月之後，

Rita直接請Rebecca到他們家教課，反正他們大樓有個運動教室，後來夫妻兩人一同上課，倒也就持續穩定練習下去。

定和告訴我，「老公老婆一同練習瑜伽的好處很多！」像他們做雙人瑜伽，兩人都覺得身體變好了，而且他們夫妻結婚十年，早就避免日常肢體碰觸，現在透過瑜伽課的練習，兩人上一堂課五十分鐘內觸碰彼此的次數，大約是以前一個月的分量，夫妻感情確實比以前好，還曾經一同逛街買lululemon瑜伽服。

我驚訝的說，「定和，你快變成你老婆的姊妹淘了！」

定和說，「不過這牌子確實好，剪裁很用心，不會卡蛋！」想想確實如此，如果瑜伽服太貼身變成超人裝，翻來翻去、一大泡多礙眼，就……就糗了。

後來只要朋友想學瑜伽，Rita都會熱心介紹Rebecca，推薦她有專業證照、還去印度上過瑜伽大師課，專業又親切，幫Rebecca培養了一群太太學生。連我老婆都在定和老婆的介紹之下，開始上Rebecca的課。不過，我堅持不去！

就這樣過了大約一年，又在朋友聚會上遇到定和，發現他的臉色好像又回復以前，有點暗沉、有點糾結，問他最近還在上瑜伽偷看老師嗎？定和黯然說，「停了！」

我問，「怎麼了？」

定和說，Rita前一陣子扭到腳踝，必須休養兩個月，但他還是想上瑜伽課，又擔心孤男寡女共處一室，為了避嫌，他請Rebecca到家裡上課，而且都選老婆在家的時間，大有風蕭蕭兮易水寒，喔不，大有「君子坦蕩蕩」的豁達。

但沒想到，一個月之後，老婆就告訴Rebecca，他們夫妻要出國，不練了！後來回國後也沒通知Rebecca回來上課，定和幾次問起，老婆都告訴他，「不用啦！你去健身房就好了，不必練瑜伽了！」

我問，「到底怎麼了呢？」定和說他也不知道，但是他的「小確幸」煙消雲散，忍不住抱怨，「要上課也是她，不要上也是她，都不問問我的意見！」

後來有次跟我一個女性朋友聊天，她也是Rebecca的學生，無意間聊起瑜伽課的小插曲，原來Rebecca看到定和的老婆Rita又回到瑜伽中心上課，但定和沒來，下課後，Rebecca忍不住問Rita，「親愛的，你們夫妻不要繼續上私人課？要約原來時間嗎？」

Rita忽然很嚴肅的說，「不用！我老公說他不想上課了！」Rebecca問，「親愛的，為什麼呢？受傷了嗎？他這一年多，進步很多耶！」

Rita說，「老師，謝謝妳關心我老公，那我就直說了！我老公說，他不習慣妳一直喊他『親愛的！』」

這話一出，瑜伽中心裡所有女人的耳朵都豎起來，包括我朋友，她聽到Rebecca說，「親愛的，哎呀！我不是只喊他親愛的，所有人我都……」確實如此，Rebecca要矯正動作前，對每個學員都喊，「親愛的！」像是「親愛的，肩膀放鬆！」

Rita說，「但我老公不習慣！他說以後上健身房就好了，親愛的，不好意思喔！」

我恍然大悟，原來定和跟Rebecca上課的時候，老婆Rita都刻意避開到房間裡做自己的事，不想干擾課程，可是聽到客廳傳來Rebecca的聲音，左一句「親愛的，這裡要下去一點！」右一句，「親愛的！腰再高一點！對了很好就是這樣！」然後動不動就說，「親愛的放掉、放掉，感覺到了嗎？再多一點！」搭配上定和動不動因為筋骨拉開而哀哀叫的呻吟，唉呦！能不火大嗎？

當然不是定和不喜歡Rebecca喊他「親愛的～」而是Rita，再也受不了別的女人喊她老公「親愛的～」難怪定和的小確幸，當場被Rita，給喀嚓了！

這些事，真的都是我朋友的事，都不是我的事！

10 夜騎男女

今天，要來說說我老婆一個女性朋友的兒子、一個愛騎車男孩的事。

我有時候會陪老婆參加她的朋友聚會，每次我想發表意見，她就在桌下偷偷掐我大腿，要我少說點話。所以我都多聽、少說，這天，我老婆的閨蜜小蘭，忽然提起他們另一個閨蜜的兒子，阿希的事。

小蘭說，這個故事，這也是她拼拼湊湊才搞懂的，為了保護當事人，所有名字都改為化名了。

一年前，阿希從英國讀完研究所、拿到碩士，回台灣找工作，忽然迷上騎Fixed Gear的單速單車。然後他媽媽就很少見到他人影。

這種單車沒有變速、沒有煞車，全靠腳踏板控制，說實話，沒騎過的人是不懂這車有什麼好玩，但阿希一騎入迷，甚至入迷到寧可在單車店打工，也不想找個上班的工作，他堅信自己的使命就是推廣「單速單車」。

阿希媽媽很開明，她告訴阿希，任何一行做到極致，都會是門好生意，這樣個開始也不錯！

阿希笑了笑說，「但我喜歡單車不是為了賺錢！」

媽媽問，「那是為了什麼？」

阿希說，「我想活得簡單一點，人生其實真正需要的東西不多，你看我的車，連煞車都不必裝！」

媽媽急了問，「那不危險嗎？」

阿希忙著解釋，「技術不夠好，當然可以裝煞車，但我已經練到可以用腳煞、還甩尾，很帥！」

阿希這段時間真的是為車而活，每天到店裡上班，晚上還去大直的堤外道路夜騎，交了一批同樣愛騎車的朋友。

大直這塊地上，原本有條彎彎曲曲的基隆河，後來截彎取直，為了防洪，蓋起了高高的堤防，堤防外有專門給自行車、行人運動使用的河濱公園，唯一的缺點就是老遠才一盞路燈，晚上到處黑漆漆的。

在一個初夏的晚上，阿希騎著新組好的單車在河邊試車，有個女孩從後面快速騎向他，慌張向他求救。

女孩說，「先生對不起！後面有個奇怪的人一直跟著我，跟了好久，我想問你，可不可以跟我一起騎，到水門就好！」

阿希說，「好啊！」

阿希跟女孩並肩而騎，女孩戴著車帽，露出略帶蓬鬆的短髮，車衣是黑色，車子則是義大利的名車，車子與安全帽，她都選鵝黃色，搭配起來很俏麗。阿希問，「妳常來騎嗎？」

女孩說，「對！有空就來，每個星期騎個兩三天！」

阿希說，「妳都一個人騎啊？」

女孩說，「要約朋友，安排時間不容易啊！我其實不怕變態！」女孩說起話來有種霸氣，但隨後又說，「可是這裡太黑，實在很可怕！好在遇到你！」

兩人騎到水門，外面就是馬路，安全了。阿希說，「妳開車嗎？」

女孩點頭，指指不遠的路邊，「就在那裡！」

阿希說，「我陪妳去吧！」

他護送女孩到車旁邊，女孩離開前，好奇的看著阿希的單速車。

女孩說，「我一直覺得你的車哪裡怪怪的，怎麼沒有煞車？」

阿希笑說，「這是單速車，用腳煞車，想試試看嗎？」女孩躍躍欲試的說「好啊好啊！」但她身高才一米六，阿希一米八，連車架都差點跨不上！

阿希說，「車架太高不適合妳！這樣吧！妳加我當朋友，我就在旁邊的自行車店，有空來店裡試試！我陪妳騎！」

女孩爽朗的答應，兩人拿出手機互加朋友，女孩說她叫Carrie，阿希發現Carrie有雙愛笑的眼睛，亮晶晶的，像鵝黃色一樣，讓人無法忽視她。不久，Carrie真來店裡找阿希，阿希陪騎幾回之後，Carrie不知是喜歡車、還是喜歡阿希這個車伴，請阿希幫她組了一台單速車，當然，還是鵝黃色，兩人常相約夜騎。

兩人熟了以後，阿希知道Carrie在台北東邊的信義計畫區的101大樓上班，這裡是台灣地標，知名企業都在這裡設辦公室，當做一種身分地位的象徵。這裡也是每年台北跨年最熱門的地方，每年都吸引大批觀光客、本地人擠著看101煙火秀，其實說穿了，就是個會噴火的雞毛撢子！

Carrie住在台北西邊大稻埕的老社區，其實到大直騎車並不順路，阿希陪Carrie騎了幾趟之後，他貼心的請Carrie先開車回家，他直接騎單車去Carrie家門口等她，兩人沿著大稻埕外河邊騎，一個多月過去，兩人漸漸習慣每天都要見面、騎車，甚至約都不必約，時間到了，阿希就會出現在門口。

大稻埕曾是台北最熱鬧的港口，後來隨淡水河淤塞而沒落，卻保留下完整的老建築，Carrie說她喜歡這裡的老房子，所以選擇住在這裡。

七月的一天，Carrie邀阿希到她家吃飯，阿希第一次推開這幢老房子的木門，裡面直接一條磨石子樓梯通往二樓，還有著磨石子的扶手，觸手冰涼而滑順，阿希說，

「哇！好像在拍電影！」

Carrie說，「你應該沒住過磨石子的房子吧！」

磨石子是台灣五十年前流行的工法，把黑白灰色石子鋪在地上、周圍用銅線加框、抹上水泥與石粉，然後用機器打磨到光滑平整。Carrie說，「小時候我最喜歡躺在磨石子地板上，超涼的！」

阿希聽了，立刻躺在地板上，Carrie笑著說，「欸！阿希，你真是行動派！涼嗎？」

阿希說，「涼！」

Carrie說，「對啊！可惜現在沒人願意花時間做這個！不是鋪磁磚，就是鋪木地板。」伸出手拉起阿希。

Carrie的屋子是兩層樓老房子的二樓，她保留了原始的木窗、漆成白色，也保留古早的鐵窗花，屋內用一種古老白色燈罩的「牛奶燈」，創造出溫暖、雋永的氣氛。家具很精簡，她放個高大的木框落地鏡、配上一只老板凳，當玄關，沙發桌椅用北歐木質老家具，桌上擺了杯盤與花瓶裡插了一大束色彩繽紛的花。屋裡很多綠色植物，入眼清涼，看得出花了心思陳設。阿希讚美說，「東西還是老得好！有味道！有深度！」

Carrie笑著問，「那人呢？」

阿希回，「喜歡就會喜歡，很單純，不分年齡！」

Carrie從櫥櫃裡拿出兩個水晶酒杯，倒了兩杯白葡萄酒，一杯放在阿希面前，阿希發現這個杯子的杯腳，還掛了個小鏈子、勾了個小腳踏車，正覺得新奇，發現櫥櫃裡還有一排杯子，分別掛上相機、足球、電腦、調色盤等等，有點不是滋味。但酒的滋味很好，甜甜的，阿希說，「很好喝！」

Carrie說，「這是德國白酒，有人不喜歡這個哈密瓜的甜味，但我覺得喝起來很舒服！對了，阿希，」Carrie倚在廚房的中島上問他，「……你是不是想追我？」

阿希沒想到她會這樣直接，一時答不出來、差點被酒嗆到！但下一秒，Carrie靠過來閉上眼，一米六的女孩，就這樣征服了一米八的男孩，靠著Carrie果斷的臨門一腳，兩人變成為男女朋友。

阿希發現Carrie做人很簡單，要就要、不要就不要，從不拐彎，是他喜歡的個性，這餐飯吃得盡興，她明確告訴阿希，「我要的是戀愛，不是結婚，就這樣！」

阿希跟Carrie交往期間，從Carrie身上學會了很多事情，好比，他一生沒見過這麼多女性內衣，各種顏色、各種材質、各種長度、各種蕾絲，阿希還真不知道女孩子為何要這麼多內衣，像他兩打四角內褲就夠了！當然，在Carrie的引導下，阿希對女性身體有了更深入的認識……。

不過阿希始終沒問Carrie的年紀，他覺得Carrie見多識廣，應該比自己大個三、五歲，但外表實在看不出來。阿希從倫敦回國之後，習慣走英倫紳士風，唇上留著小鬍子，看起來比較老成。他知道Carrie已經在公司裡當上資深主管，但她能力很強，也是很合理的事情。

這天Carrie說，「阿希，我那些姊妹淘，這個星期六，想看看你！」

阿希本能畏懼這種一群女生盯著他看的場合，他問，這些姊姊們知道他們交往的進度嗎？

Carrie說，「哎呀！他們都是熟女，心裡有數啦！但你也不用擔心，他們一定會給你留面子！喔對了，拜託再熱也不能穿短褲！」

阿希說，「那天我媽生日，我九點要回家！」

Carrie說，「好啊，時間到了你就走！你準備什麼禮物？」

阿希抱著Carrie說，「嗯……要不要我把妳送給她！她一直想看看妳……」

於是很快的，兩人又滾到床上。

這些日子以來，阿希常住在Carrie家裡，Carrie也主動幫他打點外型，看到他皮包沒錢，還會像媽媽一樣，往裡面放點錢！不過阿希都會立刻還給她，阿希說，他媽媽一再告訴他「男人一定要照顧女人」！

這天Carrie帶著阿希出席聚會，Carrie一一介紹，這是某某姊，這是某某姊，這群姊姊們面對阿希這個小鮮肉，異常興奮，有個大姊直接摸了摸阿希的臂膀，尖叫說「好壯喔！」

好像是電視節目「康熙來了」帶動的風氣，女人看到壯碩的小鮮肉，都會主動摸胸肌、捏捏手臂上的三頭肌，彷彿成為一種社交禮儀！所以幾個大姊姊們圍成一圈，對阿希東摸西摸，場面頓時熱鬧起來。

阿希身材確實挺好，一八〇公分，加上騎車、健身，肌肉很結實，臉上掛著爽朗的笑容，是標準丈母娘心中的好女婿長相。

大家鬧烘烘的時候，一個大姊看到Carrie就問，「小鮮肉來了嗎？我來鑒定一下！」

Carrie說，「來了來了！」Carrie拉著她最敬重大姊，到阿希的背後，拍拍阿希。

阿希轉頭一看，看到這位大姊……大叫了一聲，「媽！」

這時候，我跟著慘叫一聲，「所以你說的Carrie？是……那個在101上班的佳玲？」

小蘭說，「對啊！對啊！我們都嚇傻了！我們都知道佳玲會帶小鮮肉男友來啊！可是誰知道出現的竟然是Sophy的兒子！」

我當場驚訝無比，因為我們認識的佳玲，算算應該四十……四十五歲了！可是阿希才二十五歲！等於佳玲整整比阿希大二十歲！

阿希喊的這聲「媽！」頓時讓在場眾人靜默下來。

原本在阿希身上摸肌肉的這些大姊們，也尷尬的趕緊抽回手。佳玲更是不知所措，她完全沒想到自己騎車認識的男生，居然會是Sophy姊的兒子！

一時之間，大家都看著Sophy，她雖然見過大風大浪，但怎麼都沒想到，姊妹淘居然正在跟自己的寶貝兒子交往！

我可以想像到Sophy腦海中的小劇場正在上演的戲碼：老娘一輩子辛辛苦苦養大的寶貝兒子，居然、居然、居然，被妳給……這可比一般的婆媳關係更加難以忍受！比橫刀奪愛更加殘忍！比失戀更加虐心啊！

小蘭說，她看到Sophy露出僵硬的假笑，擠出一句話，「你……你們見過的啊！小希五歲的時候，妳抱過他、我還幫你們拍過照！妳記得嗎？他喊妳玲玲阿姨！妳還要她喊玲姊姊……這、這、這……」

這時候，餐廳服務生依照早先安排的流程、突兀的播放生日快樂音樂、所有服務生列隊捧出大蛋糕，這本來是大家準備給Sophy的驚喜，假聚會之名，其實要幫她慶生！只是場面越熱鬧、全身粉紅色套裝的Sophy表情越尷尬，眾人面面相覷，也只能跟著大聲唱生日快樂，越尷尬、越大聲，阿希當然最大聲。

歌唱完之後，阿希拿出他早拿在手上的生日禮物，那是Carrie幫他買的一本書，說，「媽……！生日快樂！這禮物是……，哎呀……」

阿希的意思是，這是他預備送給Carrie壽星朋友的禮物，不是送給媽媽的。

Sophy、Carrie、阿希三人都感受到在場眾人的眼光，Sophy只能笑著收下兒子的禮物。

小蘭發誓，這天Sophy只跟Carrie講了一句話，就是，「佳玲、喔不，Carrie……有空……來家裡吃飯啊！」然後就全程無視她的存在！

我問後來怎麼了？

小蘭說，Sophy當然不贊成阿希跟他應該喊阿姨的佳玲交往，但她也說不出佳玲的壞話，她們認識二十多年，從她入社會、一路看到現在，知道她是個很好的女孩子，對朋友很好、工作成績很好、待人又親切又熱情，找不出理由反對，除了年齡！

阿希倒是從媽媽口中知道了很多Carrie不提的事情，好比過去的情史。

Sophy私下找機會告訴她兒子，佳玲歷任男友她都看過，清一色條件都很好，還有一個是上市公司的小開，殷勤追她兩年，佳玲還認真學了不少料理課，姊妹們推測應該好事近了，沒想到閃電分手，而且佳玲分手從不沮喪、從不灰心、從不說對方壞話。

Sophy知道自己的姊妹淘絕不是「採陰補陽」的人，不是想找個小弟弟玩一玩，但還是擔心自己兒子……吃虧了。

她很矛盾，一方面擔心阿希認真，但更擔心阿希不認真！甚至還問阿希，「將來佳玲七十歲，你才五十歲，你有心理準備要幫個老太太推輪椅、倒尿袋！」

結果阿希回她，「媽，妳放心！我一定會幫妳推輪椅、倒尿袋的！」氣得Sophy簡直要抓狂。

但向來霸氣的Sophy，最後還是選擇放下媽媽的面子，伸手抱了抱高大的兒子，她說，「感情是你自己的選擇，我不干涉！我相信你做的任何決定，都是最好的選擇。不過……」

阿希說，「不過什麼？」

Sophy說，「不過，佳玲恐怕不會跟你結婚！」

阿希說，「媽！妳想太多了！我跟Carrie沒談過這個……」

Sophy笑笑，沒說什麼。

之後，阿希跟Carrie繼續交往，可是兩人對於很多話題避而不談，好比「未來」到底會怎麼樣。

Carrie只對阿希說，「我還是我，你還是你，不是嗎？」阿希點點頭。

他們每天晚上還是一同騎車，而且依照計畫排休假，趁著秋天秋高氣爽，到台東池上騎單車。

這天，兩人到了池上騎了一上午的車、看著風吹池上最有名的金黃色稻浪，發出「沙沙」的聲音，很是浪漫。在樹蔭下休息時，阿希汗流浹背的問Carrie，「妳會不會覺得我很幼稚？」

Carrie說，「我看人從來不看年齡，我看行為。」

阿希很認真的說，「可是我的薪水比妳少很多……」

Carrie說，「我不介意，你介意嗎？」

阿希說，「我還是會覺得有點怪怪的！」

的確，交往這半年來，Carrie帶著阿希到處吃吃喝喝、看展覽、吃美食、到處玩、兩人還常常利用週末跑到外地騎車，兩人約會，多半都是Carrie出錢，Carrie總說，「美好的經驗比較重要！」

這天也是如此，Carrie拍了拍阿希，說，「天氣這麼好，不騎車才怪怪的！走吧！上路了！」

這天晚上在台東的民宿，阿希一人就喝了兩瓶紅酒，忽然對Carrie說，「Carrie，我想跟妳在一起，我想一輩子照顧妳！我們結婚吧！」

Carrie問阿希，「結婚？你喝多了吧！」

阿希說，「我是認真的，妳不用擔心，相信我們結婚之後，還是可以不停的戀愛。」

Carrie說，「可是我一開始就明確告訴你，我只戀愛、不結婚！對不對！」

阿希說，「是啊，但是為什麼？」

Carrie說，「你就這麼相信一張紙可以維繫一段關係？而且你媽媽會答應嗎？如果她反對，你還是要跟我結婚嗎？」

阿希點頭，「就算全世界都反對，我就是要照顧妳一輩子！」

Carrie說，「但我真的……不需要照顧！」

阿希說，「所以，妳不認為我可以負責任？妳覺得我再怎麼努力，始終是個小弟弟？」

Carrie說，「我沒這麼說，都是你說的！」

阿希說，「妳只是沒說出來而已！為什麼不敢把責任放在我身上？妳怕我擔不起來？妳有肩膀、我就沒有？」

Carrie說，「你喝多了！不要再盧了！」

阿希大聲的說，「我沒有盧！妳為什麼不讓我照顧？為什麼只談戀愛不結婚？」

Carrie說，「跟你講話怎麼像鬼打牆？我就是不要結婚！聽見了嗎？」

阿希安靜了一下子，隨即開口說，「因為妳誰都不相信，只相信自己！」

Carrie嘆了口氣，說，「還說沒有盧，我不相信你、幹嘛跟你在一起？但我真的不用你照顧！難道，一談戀愛就非得變成長不大的小孩子？」

阿希心中充滿了各種情緒，他站起來指著Carrie大聲的說，「我知道了，妳只是要一個伴！可以是我，也可以不是我！對吧！」

Carrie說，「不要盧了！我不想跟你講了！」隨後閃進廁所，「砰！」關上門，留阿希一個人在房間。

後來阿希做了一件讓他終身懊悔的事情，他忍不住伸腳踢翻房裡的行李箱，然後狠狠踹廁所的門，門是踹開了，但是浴室的防水門也給他踹破了。Carrie尖叫喊著，「你幹什麼？」接著縮在浴室角落，驚恐的看著阿希。

Carrie的眼神裡面充滿了驚恐與防備，那是他沒看過的Carrie，她鵝黃色的亮麗與自信全部瓦解，只剩下一種情緒，就是灰色的恐懼。

Carrie不停發抖，她說，「我們現在沒辦法談、也不需要談！我另外找一個房間睡，你好好冷靜下來。可以嗎？」

阿希立刻道歉，「對不起，我不是……」

Carrie看著阿希，「有話明天再說！」

阿希腦門發脹，看著Carrie草草收拾著自己的包包，「Carrie，對不起，妳不要走！」

Carrie恢復了冷靜，只說了句「明天再說！」就離開房間。

阿希從來沒有喝到酒後失態，更不知道喝高了、什麼動作都會放大！他頭昏腦脹的想著Carrie灰暗的眼神，很想知道眼中的恐懼到底來自何方。

隔天兩人見了面，Carrie說，「我不想結婚的原因很多，我不想進入婚姻，因為在婚姻裡的女人，都沒有自己。我從小看著媽媽被爸爸咒罵、每天晚上聽到爸爸回家的鑰匙聲，我就會發抖，擔心他心情不好……但這都是我的包袱，你不必負擔！」

阿希這才知道，昨晚踢破的不只是門，還有Carrie隱藏在心中、永遠不想打開、卻無時無刻不在的回憶之門。

「所以，我們還是分手吧！」

Carrie說到做到，她果斷跟阿希分手，並且缺席所有姊妹淘的聚會，甚至也不騎車了，最後還託人請阿希賣掉她那台漂亮的鵝黃色單車，斷得很乾淨。

小蘭這段簡短說明之後，我們都覺得佳玲這段很健康、很陽光的戀情畫下句點，有點可惜。其實這年頭不結婚的伴侶多了，沒想到反而成為兩人之間的地雷。

小蘭本來以為是媽媽從中作梗，她還特別問Sophy，「妳是不是反對兩人在一起？」

Sophy說，「我才沒那麼笨，只要我禁止阿希跟她交往，他們絕對會不顧一切在一起！」

小蘭問，「那怎麼辦？」

Sophy說，「畢竟我們認識佳玲，比阿希認識他的Carrie久多了！佳玲的個性，堅持到底、性烈如火！」她神祕一笑，「人啊！個性是不會改的！」

我說，「所以妳算準她不肯結婚？」

Sophy說，「我只是灑點種子在阿希的腦子裡，後來的發展也不是我能操控的！」

Sophy嘆了口氣說，「但千算萬算也沒用，他們分手之後，阿希又交了個女朋友，還是個法國人！」

我立刻接著說，「法國人很浪漫啊！有機會我也想交個法國女朋友！」此話一出，瞬間感受到大腿劇痛，果然，老婆又掐我大腿了！

Sophy說，「可是，這法國人只比我小五歲！唉！真不知道阿希怎麼會有戀母情結！」

這些事，都是這些阿姨們出賣阿希的事，千萬記住，不是我出賣的！

III

我的菲，有草字頭

11 電梯裡邂逅的長腿姊姊

今天，要來說說我的一個朋友，淵博的故事。

淵博是一個導演，在電影圈內小有名氣，但他不是那種文藝青年、文質彬彬的導演，他外型比較像《水滸傳》裡的張飛，頂著一頭捲曲長髮的壯漢，而且他之所以出名，不是因為拍電影，而是有次上綜藝節目，忽然暴走罵人，一罵驚人，收視率竄到第一，很多節目開始邀他，而且設下各種圈套逼他發火，他也就半真半假的以「擅長罵人」走紅。

這天，我跟淵博在一家小酒館裡見面，他聊起最近的奇遇。

淵博說，上個月，有個知名製片包了個Disco包廂，邀大家有空可以過去狂歡Party

一下，他過去喝了點香檳，在舞池裡搖頭晃腦的跳舞，忽然看到一群美人正要搭電梯下樓，其中有個短髮女人，穿著一件黑色短禮服，露出修長美腿，露肩，胸口用不知什麼材料，拉出了黑色的立體大波浪，嘴上抹著正紅色的唇膏，豔到凸顯膚色的白皙，豔麗中還帶著知性，非常吸引他！

在電梯即將關閉的時候，淵博伸手攔住電梯，像個超人一樣推開門、直直走進去，對著那個特別漂亮的女人說，「哇！妳也長得太漂亮了吧？要不要當我的電影女主角？」

電梯裡的女人跟她的朋友們被突然衝進電梯的「猛張飛」嚇一跳，但聽到這番話，都笑了，其中一個人認出他說，「導演！菲菲她是貴婦，沒辦法拍電影啦！但你可以找我！」

這話一出，電梯裡眾女人都笑了！

淵博說，「妳叫非非啊！好名字，讓人想入非非啊！啊對不起，喝多了！」

美女菲菲笑了笑說，「不要亂取名字，我的菲，有草字頭！」

淵博看她手上拿著手機，從口袋拿出手機，按了按，遞到菲菲面前說，「加朋友吧！」

這讓菲菲傻了一下，她向來端莊，正想推辭，沒料到朋友把她的手機拿過去，真加了淵博當朋友，她也只是矜持的微微蹙眉說，「哎呀！你們！」

淵博陪這群美人到門口，站著聊天。

深夜時分，夜店門口都是人，有人排隊等著入場、也有人喝多了坐在路邊，半夜的都市，是喜怒哀樂、愛慾情仇的縮影。

在微黃的LED路燈下閒聊沒幾分鐘，菲菲的車來了，其他人的車也到了。淵博紳士的幫她開門、菲菲也大方的扶著他的手上車，給了淵博一個驚心動魄的微笑，淵博忍不住告訴她，「妳的燦爛笑容底下，埋著深深的悲傷！Call me。」

淵博告訴我，一看就知道這女人是上流社會，因為來接她的車子是賓利！比雙B高檔！所以這場午夜的邂逅，只是一場即興遊戲。

過了幾天，淵博的手機響起，電話裡說，「我是菲菲！」

淵博有點疑惑，冷冷的問，「菲菲？哪個菲菲？」瞬間想起了誰是菲菲，立刻換了熱烈的語氣，「喔！菲菲！」

菲菲說，「你有空嗎？」

淵博說，「有！當然有！」

菲菲問了他在哪裡，不一會兒，賓利來了，菲菲推開車門，淵博上車。

他實在很好奇，一個上流社會的美人，找他幹嘛？

菲菲說，「我們去吃飯吧！」隨後指揮司機開車到「秀蘭」。

秀蘭是一家上海菜小館，在台北永康街，店藏在住宅區的巷弄裡，很隱密。菲菲一出現，經理立即熱絡招呼，不需開口，就直接帶他們到包廂，顯見菲菲是個熟客。

淵博當導演之後，當然遇過不少主動對他投懷送抱的女人，有的想要爭取演出機會，有的只是覺得有個名人當男友，很有面子。但淵博還真沒遇過像菲菲麼高雅、卻這麼主動的女人。

在白天的光線底下，淵博注意到菲菲的眼角有些皺紋，但還是豔光四射。淵博邊吃邊說了些拍電影有趣的事情，唱作俱佳的講了一堆笑話，菲菲笑得很開心。

吃完飯，菲菲說，「難得那麼開心，你急著走嗎？我家就在旁邊，去坐坐、喝杯茶吧！」

淵博心跳加速，心想「熟女果然不浪費時間」，立刻說，「好啊！」

司機送他們到菲菲的家，淵博發現，是台北市區的著名豪宅。

她帶淵博看了看房子，精心設計的客廳、餐廳、臥室，還有一大間衣帽間！像精品店一樣陳列著手提包、鞋子、洋裝、禮服，光是放衣服的空間，就比淵博家還要大！

淵博借用廁所，發現裡面掛著常玉跟趙無極，心想就不用問是真的還是假的了！洗手出來，淵博說，「妳老公姓王嗎？該不會是王永慶的兒子吧！」

菲菲笑，「我們家是old money，比他家還早！」談笑間還是絕口不提老公的背景。

菲菲帶淵博到客廳，淵博穿著拖鞋踩上馬毛地毯，菲菲開口說，「麻煩脫鞋！」

淵博趕緊縮腳，「喔！」脫下鞋子再踩上去。

菲菲說，「唉！我也習慣了，其實是我婆婆的規定，她不准大家穿拖鞋上地毯！」

淵博緊張的左右看說，「妳婆婆？妳跟公婆住在一起？」

菲菲說，「別擔心，家裡沒人！我公婆早搬去美國了，但她幾十歲的人，還是什麼都管！我去換件衣服，你隨便坐！」

淵博外型像猛張飛，心思卻很細膩，從這小事可以看出菲菲的豪門媳婦生涯並不自在，即使婆婆不在家，還是習慣要嚴格遵守婆婆設下的規矩。

菲菲換下外出服，穿了件嫩綠色的細肩帶小背心、配上白色小短褲，怕冷還搭上一件薄cashmere米色披肩，露出毫無瑕疵、又直又長的美腿。

淵博覺得她雖然看得出有點年紀，但穿起短褲依舊青春亮眼、露出的長腿白淨、修長，她光腳踩上棕色的馬毛地毯，雪白腳趾上的紅色指甲油顯得鮮豔欲滴，當菲菲倒出香氣四溢的法式花茶，他大膽伸手握了她的……手腕，說，「妳別忙了吧！」

這一握，讓淵博整個人興奮起來，他觸摸到菲菲的肌膚，手感滑膩、手骨纖細，握在手中，真的是「軟若無骨」，讓他內心狂跳不已！聽說這樣的女人，天下少有！

菲菲一笑，露出整齊潔白的牙齒，她舒適靠著沙發坐下、彎起一雙美腿，伸出手按摩著腳踝、美麗的雙腳恰恰遮住短褲下的隱私部位，淵博還真沒看過這種女人，恍若無意識的賣弄著極度性感。

她問淵博，「你還記得上回在電梯裡說的話嗎？」

淵博腦子根本無法運作了，立刻回，「什麼話？」

菲菲美麗的雙眼有點怨懟的看著淵博，「你，是怎麼怎麼知道我心裡有悲傷？」

淵博回了神，壓低聲音，故意裝做洞察人心似的說，「越美麗的人，越希望人家覺得她無憂無慮，其實，妳裝滿了心事！」

這是淵博用在上部電影的台詞，他常用這招把妹、泡妞，無往不利！他發現越漂亮的女人，越希望旁人不只看到她的美貌，還要探索她不膚淺的內在。

菲菲像找到了個可以說實話的樹洞，開始談起她的姊妹淘都不知道的祕密。

「我見到你的那天，早上才跟我老公簽字離婚，但大家都不知道。」

淵博說，「喔？」

淵博明白自己面對的不僅是一個美麗的女人，還是寂寞又美麗的女人，而且法律上單身。

菲菲有點落寞的說，「我老公很久沒回這個家了！」

淵博大膽的看著菲菲的雙眼，想著她的暗示，慢慢靠近她，想伸手撫摸她的肌膚，像奶油一樣滑順的肌膚。

菲菲伸出手指頭，對淵博比了個「靠過來一點」的手勢，淵博立刻靠近，菲菲挨著他的耳朵，小聲的說，「他在家裡裝了監視器！以為我不知道！」

「什麼！」淵博聽了頓時清醒，立刻保持距離，「那妳還帶我來妳家！」

菲菲說，「有什麼關係，不用擔心！他就是喜歡掌控一切！要離婚，又見不得我跟別人在一起！想綁住我。」

菲菲嘆了口氣，她說起自己本來留學法國，老公不惜家庭革命，越洋追她追好久，終於把她追回來。結果結婚久了，還是變成怨偶。

淵博喝了一口茶，菲菲勸他吃口牛肉乾，「牛肉乾還不錯，我都配這個法國花茶，衝突的美感！」

淵博心想，也許是因為衝突，菲菲才對他這麼感興趣！就像小姐愛流氓，貴婦愛遊俠！

不過這個局面很難處理，因此他只是繼續說說笑笑，陪菲菲喝茶聊天。離開前，菲菲主動靠近他，給他兩個法式頰吻，淡淡說聲，「下次見！」

淵博離開時，心裡有種樂淘淘的感覺，他猜這位貴婦應該已經五十多歲了，比他大個二十歲都有，可卻有個少女心，他居然像青春期談戀愛一樣，心動了。

不久，菲菲又打電話給他，這回問淵博，「我可以去你家嗎？」

淵博一愣，「當然！歡迎！」

告訴了菲菲地址，這回她沒搭賓利，搭計程車過來。

淵博的家在台北三民路老公寓二樓的家，因為房租便宜，有些後製、剪接工作室在這裡，不少電影人貪圖方便，也都租屋在附近。淵博就跟一個合作很久的美術指導合租了這層公寓，一半放了美術指導的道具，各種詭異風格的人偶、特殊器材，讓房間看起來有點鬼屋的恐怖氣氛，菲菲一進門就嚇了一跳，淵博說，「這些都我室友的！」然後直接帶她進房間。

房裡只有一張沙發，上面罩著一張英國米字旗，看起來有點異國情調。房裡還有一缸魚，魚缸上的日光燈，把人照得都像貧血外星人。

下一秒，淵博已經迫不及待的拉著菲菲坐在沙發，菲菲主動解開風衣，淵博頓時覺得自己中了頭獎！因為菲菲裡面穿著性感內衣！

淵博脫下長褲，準備要大戰一場，他又壓低聲音對菲菲說，「菲菲，站起來一下！」

菲菲站起身來，把身上的風衣一脫一甩，渾身散發出難以言喻的豔麗與性感。

「等一等！」淵博拉著菲菲離開沙發前端，菲菲不知道他的下一步動作，微微張開性感的紅唇、誘惑的看著淵博。

淵博接著用快動作掀起沙發上的英國國旗，然後拉出沙發床，空間中忽然瀰漫著灰塵，菲菲忍不住「哈沏！」打了個……很性感的噴嚏！

「馬上就好！」淵博迅速拿出床單枕頭，空氣中隱約有種霉味，淵博坐在床上，床墊發出「歪呦」的彈簧聲，可以想見應該是某個彈簧已經年久失修、彈性疲乏了。

「來吧！」淵博拍拍床，想拉菲菲的手，想讓她坐下，更想讓她躺下。

菲菲看著沙發床，想了想，笑著對淵博說，「我想，還是不要了！」然後她彎腰撿起地上的風衣、邊說邊穿，「我還有點事情，先走了！」

原來，幾十年的貴婦生活，讓她實在沒法接受沙發床，更沒辦法接受自己每天費心保養的細嫩肌膚躺在粗糙骯髒床單蓋住的沙發床上。

即使她很渴望安慰，卻還是希望能躺在乾淨舒適、由兩位法國師傅花費三個月製作、用蠶絲和喀什米爾仔細鋪成像雲朵一樣的床墊，搭配在三百織、細柔如絲般光滑的床單，還有毫無塵蟎威脅的乾淨空氣中，得到安慰……。

淵博有點失望，但還是保持著紳士風度，「妳確定？我……我叫車送妳！」

菲菲說，「不必了，我走路！」然後，她就頭也不回的離開了淵博的家。

我聽到這裡，忍不住問淵博，「就這樣？」

淵博說，「是啊！後來我們變成朋友，可能正是因為什麼都沒做，我們才可以當朋友。」

我說，「所以這個故事的重點是？」

淵博說，「喔！她下樓之後，我從陽台往下看，發現她家的賓利又出現了，你看，她老公根本就派人二十四小時跟著她，如果我真跟她怎麼樣，一個嫉妒的前夫恐怕不會善罷甘休！是我那破床的破彈簧救了我啊！」

這些事，都是我朋友淵博的事，都不是我的事！

又過了不久，淵博告訴我，菲菲忽然消失了，大家都不知道她去哪裡，聽說她老公公司經營不善，很可能已經潛逃出境，只是不知道菲菲是不是還跟著他。

後來淵博想念菲菲的時候，就看美國女明星安妮特・班寧的電影，因為她們相貌神似，這，也算是一段都市奇遇。

12 背後靈

今天，要來說說我的一個朋友，阿火的故事。

阿火是個挺帥的小伙子，他過去在電視台當記者，三十五歲轉到企業當公關，一表人才、能說善道，尤其危機處理的手段一流，很受老闆重視。但他對自己感情世界的危機，反而不知所措。

有天我在一間Bar跟阿火聊天，他忽然說，「老哥，我跟水晶，有點事情，想聽聽你的意見！」

「說吧！」

阿火跟他的女朋友水晶交往兩年多了，水晶我也認識，人如其名，白白淨淨，會做事也懂做人。阿火說兩人約會，水晶堅持要輪流付賬，也從不要求阿火接送，她自己開台小車來去自如，總之，是個獨立自主的漂亮女人。

我說，「水晶，很好的女孩子啊！問題在哪裡？」

阿火說，「我覺得有些古怪。」

哪裡古怪呢？阿火告訴我，跟水晶交往之後，他發現，只要他帶著別的女孩子出去，很容易遇到水晶，水晶幾乎無所不在。

第一次，阿火帶著A女去安和路一家請歌手演唱的Bar EZ5，裡面唱歌的歌手都很厲害，黃小琥就是這裡唱出來的！

當阿火一手攬著A女，揮著另一隻手正在大聲吹牛吹得起勁，眼角餘光赫然發現水晶就站在旁邊，阿火嚇了一跳，想收回摟著A女的手，又怕看起來太遜，反倒是水晶大方的說，「阿火！」

阿火只好尷尬的舉起摟著A女的手跟她打招呼，然後迅速又模糊的介紹說，「這是A，這水晶！」

水晶還很有禮貌的跟A打招呼，「Hi，真巧！我剛跟同事剛到！」她指指身後的一群人，沒事似的閒聊兩句，才跟阿火說，「那我先走了！再見！」就這樣走了。

我問阿火，「就這樣走了？你跟水晶，到底什麼關係啊？」

阿火說，「男女朋友啊！」

我說，「這很奇怪，情人眼裡，應該容不下一粒沙！」

阿火說，「我本來想完蛋了！她一定會大吵大鬧！但她就這樣笑笑走了，後來也沒逼問我A是誰，再跟我約會，根本像沒發生過任何事情一樣！還是對我很好、沒有擺臭臉、鬧脾氣、更沒哭！」

我說，「這樣的修養不容易啊！」

阿火說，不只一次，另一次他跟B女約會，約在一家紅酒店，店好小，客人又多，坐下一看，旁邊怎麼正是水晶還有水晶的同事們。

水晶還是笑笑說，「阿火！」

阿火只好介紹兩女認識，「這是B、這是水晶！」水晶大方跟B女聊天，B女搞不清楚水晶是誰，幾杯紅酒下肚，口無遮攔，把阿火怎麼搭訕她，鉅細靡遺全向水晶交代了，阿火幾次想打斷都沒用！水晶還是笑笑的聽，也沒在桌底下偷踢阿火兩腳洩憤！後來也只說了聲，「兩位慢用，我先走了！」就跟同事們離開了！

我告訴阿火，「你也太衰了吧！」

而且他的運氣，真不是普通不好。兩個女友同坐在一家店裡抓頭髮打架常見，但能夠巧遇還有問有答，太稀有太……倒楣了！我看阿火肯定是流年不利，衰爆了！

阿火說，「是啊，後來我不敢再跟這個女的聯絡，什麼都搞不清楚就亂說話！身材再好也是草包！」

（我說，）「喔！身材很好喔！」

「嗯！」阿火忍不住伸出雙手在空中抓了抓，感覺是抓某種水果之類的體積！

我說，「唉呦！哈密瓜啊！」秒懂！

「唉！老哥，你會不會覺得水晶太奇怪了？她的反應有違常理，對吧！對吧？對吧！」

「我還真沒遇過這麼理性的女人！」

「但奇怪的是，她還是什麼都不問，我約她，她照樣願意出來！」

我說，「女人發現男人偷吃，還兩次，就算她的修養再好，應該也根本封鎖，不想再理你了！」

這時候，阿火遲疑的說，「老哥……，其實還有第三次！」

「什麼！」

阿火說，「這次更扯，我跟C女去吃信義路的鼎旺麻辣鍋，這裡的滷雞腳特別好吃！我進去，才開口跟櫃檯要兩個人的位子，水晶正好跟一群人從裡面走出來，要跟櫃檯結帳！當場抓包！」

「然後呢？」

「她又喊了聲，『阿火』，然後看看我身邊的女人，這回我沒介紹，然後，她說了聲『再見！』頭也不回的走了。」

我說，「這也太可怕了！你們也太有緣了吧！咦？這該算有緣還是沒緣？」

阿火說，「對啊！我愣在當場，像擺在麻辣鍋旁邊的老油條一樣，整個人嚇到硬了！怎麼可能啊！她就像我的背後靈，到哪裡都遇得到她！老哥，你說，這到底怎麼回事？」

我問，「背後靈！這形容得太……太貼切了！不過，我還挺相信緣分的，也許你跟她特別有緣！」

阿火喃喃的說著，「緣分？」

我說，「對啊！你想一想吧！」

後來，好久沒接到阿火的消息，大約半年後，阿火約我在一家咖啡店聊天，說有事情想問我的意見！

我說，「怎麼啦？」

阿火說，「我在想著，到底是不是該收山，結婚了？」

我說，「跟誰？跟背後靈嗎？」

阿火驚訝的瞪大雙眼說，「你怎麼知道！」

我說，「本山人自有妙算！」

阿火說，水晶始終是這樣若即若離的跟他相處，知道他到處花心，但還是耐心等待，一陣子不找她，她也從不著急。直到一個月前，水晶在約會的時候問他，「我們，到底有沒有未來？」

這是第一次水晶逼問阿火，阿火想了想說，「還不急吧！」

水晶還是笑了笑說，「我想知道你的答案！下次告訴我吧！」

所以阿火來問我，到底該怎麼辦才好。

我說，「你喜歡她嗎？喜歡她什麼？」

阿火說，「當然喜歡，不喜歡我就不會跟她交往。而且她很獨立，我不必擔心她吃了沒喝了沒，她自己會約朋友見面、找事情做，我甚至覺得她其實沒有我也沒關係；可是，她總會在我需要的時候，陪著我。」

我問，「聽起來很棒啊！那你覺得，她很特別嗎？」

阿火說，「我是覺得她應該跟我有點緣分！其實第一次看到她，我就覺得，這女孩特別順眼，跟她相處特別舒服。」

我說，「我看，也只有這樣的角色可以收服你，如果不是她，任何女人在她的位置，早翻臉一萬次了！」

阿火說，「是啊，我到底該怎麼辦？」

我說，「還是要你自己決定啊！她以前問過這個問題嗎？」

阿火說，「沒有！」

我問，「你們最近一同參加了朋友的婚禮嗎？」

阿火說，「怎麼可能！那就是個圈套，帶女朋友去，所有人都問，什麼時候輪你們啊！不跟跳海一樣！」

我說，「這樣的話，可能她在考慮一些事情了。」

阿火很緊張的問，「什麼事情？」

我說，「也許有人追她，而且她會開口問你，應該是對方的條件非常好，也許是白馬王子、富二代、白手起家的大老闆那種狠角色，更顯得你只是個癩蛤蟆！所以她才想確認一下你的態度。」

阿火說，「我沒那麼差吧！」

我說，「相信我，如果不是對方條件好到一個程度，她是連問都不會問的！女孩子就是這樣，有現實的一面，但也重情，就算真有白馬王子來求婚，她還是會偏愛已經付出很多感情的癩蛤蟆，但是……」

阿火說，「但是什麼？」

我說，「但是，如果這隻癩蛤蟆還不肯承諾未來，那她可能就認賠殺出了！到時候，你可別哭啊！」

阿火說，「我什麼人啊！我才不為女人哭！」

後來阿火跟水晶結婚了，我也參加了他們的婚禮，趁空檔，忍不住好奇的問阿火，「你不是說，她是你的背後靈？」

阿火露出靦腆的笑容，「不是背後靈，是守護神啦！」

阿火說，以前有不少女朋友對他下最後通牒，告訴他不結婚就分手，他都無所謂，分手就分手！

可是這次一想到水晶可能會跟別人結婚，他就覺得心裡空空的，他甚至鼓起勇氣問水晶，為什麼知道自己到處跟別的女人瞎攪和，也不生氣。

水晶告訴他，「我相信，我有能力把你培養成潛力股！」

就靠著這股氣魄，阿火找到了他的終身伴侶，也從一個濫情人，變成了好老公。

所以各位朋友，如果你的女朋友或男朋友，在你偷吃劈腿的時候，當場被他抓到三次，他還是不肯放棄你！別懷疑，那他跟你之間，一定也一條切不斷的紅線！

這些事，都是我朋友阿火的事，都不是我的事！

13 偶爾消失的戀人

今天，來聊聊我的朋友晨輝的故事。

晨輝他也是電視圈的人，剛認識他的時候，看起來就是個從宜蘭來的傻小子，光知道工作，整天埋頭做節目。

後來，我忽然注意到他不太一樣，忽然變得很「潮」，不是潮濕，是很潮流、很時尚，手上開始戴名錶，而且，女人緣忽然變得很好。

趁一次聚會，我說，「傻小子，這兩年，你很不一樣囉！」

晨輝說，「大哥，我，我運動一陣子了。」

我說，「不光是這樣喔！我看得出來，你連內在也不一樣！」

晨輝說，「這麼明顯啊！哈哈！」

我說，「我看你是開竅了！說，怎麼回事！」

晨輝笑了笑，告訴我下面這個故事。

某天他剛結束錄影，同事拉他去吃吃喝喝放鬆，跑到台北外雙溪故宮附近的一家新開的美式餐廳，這裡音樂很好，而且附近有幾家大學，聽說，很多漂亮女孩會過來，是台北市看正妹的好地點。

晨輝一下子就注意到一桌客人，這群人都是男性，身材高大、看起來是東方面孔，但絕對不是台灣人，其中只有一位女孩，跟這些高大的男孩們說說笑笑、氣氛很熱鬧。晨輝上前跟他們聊天，原來這些高大男孩是日本大學生，來台灣參加籃球比賽，而女孩是接待他們志工，是台灣人，叫流雲。

這個晚上晨輝跟流雲聊得很愉快，流雲還大方交換了手機號碼，晨輝不禁有點暈淘淘的。

流雲的外型像模特兒般亮麗，日語像中文一樣流利，而且儀態很好，不論是用餐、喝酒，都有種特殊的美感。而且她說日語的時候神情特別可愛，讓晨輝印象最深刻的，是她笑的時候會拿著一只小手帕輕輕掩嘴，眼神卻無比熾熱，拘謹中又帶點性感。

過了兩天，晨輝打電話約流雲，流雲立刻答應赴約。

晨輝邀請她到一家歐陸餐廳，這家餐廳是晨輝的前輩傳承給他的「殺手級餐廳」，裡面除了牛排，還有瑞士巧克力火鍋、油鍋火鍋、起司火鍋，秋冬還提供熱紅酒，紅酒裡面加上柳橙汁、肉桂、八角、丁香，香香甜甜、溫熱好喝，前輩說，喝個兩杯，兩人感情保證突飛猛進。

前輩特別推薦要花上四十分鐘準備的甜點舒芙蕾suffle，這道法式甜點用香草、牛奶、麵粉、糖打勻後，拌上打發的蛋白，倒進小模子裡，送進烤箱烘烤十五分鐘，等蓬鬆膨脹，就能趁熱吃了！

「舒芙蕾」就是法文充氣、膨脹的意思，吃的時候中間挖個洞，填上鮮奶油或是冰淇淋，冷熱交會、香氣四溢，吃下肚就有戀愛的感受。前輩說，女人面對舒芙蕾沒有不投降的，再冰冷的心，都會像舒芙蕾一樣「澎澎澎」的脹起來。

這天已進入深秋，氣溫很低，流雲穿著簡單的深V領黑色毛衣、搭牛仔褲出現、圍條圍巾保暖，腳上是高跟鞋，簡單卻很女人味。

他們點了起司火鍋，當然也點了舒芙蕾。晨輝問，「今天忙嗎？有課嗎？」

流雲說，「今天剛好沒課！學生請假了！」

上回初見面，流雲告訴晨輝，她是個日語老師，從日本留學回台灣之後，開始教日語，而且還投資了些餐飲業。

晨輝好奇的問，「上次妳說，妳還投資了些餐廳，我這樣問好像有點不禮貌，不過，教日語的收入這麼好啊?!」

流雲則是溫柔的笑一笑，「說是投資，其實也包括專業入股，我有些人脈，常引薦一些日本高級餐廳的廚師，跟台灣交流。」

晨輝說，「喔！難怪，我有些日文系的同學，苦哈哈的當翻譯，跟妳完全不同！」

流雲轉個話題，說自己看過晨輝做的節目，覺得晨輝很有才氣，而且身邊的朋友們都很喜歡晨輝做的節目！晨輝忽然覺得自己才是那個烤箱裡的舒芙蕾，整顆心「轟」就膨脹到極點了！當場才氣縱橫起來，笑語不斷。

聊了一晚，晨輝大膽問流雲，「要不要去我家再聊聊？我家有好茶葉！」

流雲笑了笑，晨輝還以為她要託詞拒絕，沒想到她卻說：「好啊！我也愛喝茶！」

晨輝忍不住覺得前輩的餐廳推薦確實有道理，流雲看起來一直很冷靜，吃舒芙蕾也沒有任何反應，原來，已經默默的被紅酒、甜點這些「殺手級美食」給催化了！

兩人到晨輝的家，晨輝泡個茶、聊聊天，說說笑笑，氣氛很好，到了晚上十點多，晨輝隨口問流雲，「晚上要不要睡這裡？」

晨輝只是隨口問問，他認為流雲肯定會說不要，他就當做開玩笑，笑一笑即可化解，但是流雲居然說，「好啊！」

晨輝當然不客氣，直接抱她，接下來……點點點，點點點，還是省略，免得你我尷尬……。

晨輝沒想到流雲溫柔、細緻，甚至有點冷的外表底下，竟是如此熱情，他更發現自己過去所了解、所謂的「親密關係」，根本就是小學程度！總是「這樣」……然後「那樣」……然後……然後……然後就沒了！

但是這個晚上，他覺得自己從小學直攻到博士，流雲乒乒乓乓打開了他所有感官，就像在四十度的大熱天忽然鑽進瀑布底下沖個透心涼的冰水澡一樣，處處讓他驚奇、讓他驚豔！頗有柳暗花明又一村，真正是「脫胎換骨」的奇妙感受。

這晚晨輝躺在床上，身體心靈都像被強波震碎了，又重新組合完畢，睡得像小孩一樣香甜。等他早上起來，流雲已經離開，留了張紙條寫著，「我早上有課，下回一起吃早餐！」

晨輝覺得這樣的女人實在太迷人、太銷魂！但他有件事情不敢告訴流雲，他其實有個已經交往一年多的女朋友。不過流雲從沒問過他有沒有女朋友，他也很難主動開口，深怕一說穿，流雲再也不肯理他。

他懷著祕密，跟流雲繼續交往。

流雲有時候會來睡他家，他還特別準備了個可以上鎖的小抽屜給流雲用，上鎖是為了避免女友無意間打開。當然，女友在另一個櫃子裡也有個小抽屜。他還想辦法錯開兩人出現的時間。

晨輝跟流雲交往幾個月，始終覺得流雲像個謎。

首先，她的用品都很高級，這是晨輝後來才發現的事情。

他之前每天忙於工作，根本不懂這些奢侈品牌，有天發現流雲有個手提包，皮的，也不大，紅色的，其實不好拿，也根本裝不了什麼東西，居然跟節目裡女主持人用的東西很像！他在化妝間隨口問女明星，「某某姊，這個袋子很漂亮，哪裡買的？」

女明星立刻精神來了，除了稱讚晨輝有眼光，還詳細解說，「這是巴黎店才有的限量品，鱷魚皮的！我飛去訂貨，等了半年才飛去拿！全台灣應該不超過十個！」

晨輝嚇了一跳，他還以為根本沒什麼了不起的！忍不住又問，「哇！那大概多少錢啊？」

女明星笑著說，「哎呀！說了傷感情！錢不是重點，你不覺得這個袋子跟我很搭，上面就寫著我的名字嗎？」

晨輝這才知道小小手提包原來這麼貴！貴到會「傷感情」的地步！

但是流雲看起來並不特別珍惜這個包！隨手放在他家的地上，有次流雲打翻水杯，水直接滴在包包上，她也面不改色，甚至沒動手拿衛生紙擦，是晨輝趕緊拿了塊抹布擦了擦水漬，她還說：「哎呀，沒關係啦！」

晨輝覺得流雲可能是超級富家女，才會如此「視錢財如糞土」。但他不懂這樣的女人為何會跟他交往？不是早該跟家族安排好的另一個家族小開聯姻了？

他覺得另一種可能，就是這個包是山寨品，但他左看右看，覺得女明星手上提的，跟流雲手上提的幾乎一模一樣！

後來，晨輝發現流雲更多神奇之處。

好比晨輝一開始跟流雲聊運動。

晨輝說，「妳做什麼運動？打球？跑步？」

因為普通人、尤其普通女孩子的「運動」，概念上就是這些，流點汗就好。

流雲說，「我平常每天做瑜伽，有時候打高爾夫球，每個星期還去騎馬！你呢？」

晨輝聞言一驚，他的女性友人當中沒出現過會騎馬、打高爾夫球的角色！果然是千金小姐！當場覺得流雲應該來自外星球。

晨輝說，「喔！我……我有些極限運動的朋友，跟著他們潛水、滑雪、溯溪、攀岩，也挺有意思的！」

這回輪流雲覺得太危險，「哎呀！這些都要專業教練指導比較安全吧！你要小心點啊！」

沒過兩個月，流雲出差去了一趟日本，回來就說，「晨輝，你上次說，喜歡滑雪對嗎？」

「對啊！如果你有興趣，下一個冬天，我們一起去滑雪，我可以教你！」

流雲又說，「我會了！」

晨輝驚訝的說，「妳去哪裡學的？」

流雲聳了聳肩說，「這趟去北海道出差，開了兩個星期的會，就學會了！」

到了夏天，流雲也是忽然消失一陣子，回來又說，「我學會潛水了！下次你潛水，我可以跟你去！」

「什麼？妳在哪裡學的？」

「這次去伊豆出差，閒著沒事就學會了！」

「伊豆？哪裡啊？」

「日本啊！東京過去是箱根，箱根再過去一點就是伊豆！」

晨輝對日本的了解只有東京、大阪、京都還有下雪的北海道，還真不知道伊豆在哪裡，還特別查閱日本地圖，研究一下。

他當然很好奇，潛水、滑雪，如流雲所說，應該都要請專業教練指導，才能上手，他自詡為運動天才，也花了番功夫才算學會，怎麼流雲只是去開個會，會議之間有點空閒時間，就學會了？但既然流雲這麼說，他也不好意思多問，而且晨輝先入為主認定流雲就是個很神奇女人，所有事情在她身上都有可能發生。

而且流雲有很多面，有時候穿得很運動，看起來就像個充滿活力的大學生；有時又穿得很華麗，像要出席宴會，晨輝問她，「等等要去什麼地方嗎？要不要送妳？」她總是說，「沒有啊！就是上課！」

有次晨輝預備去墾丁潛水，出發前剛好流雲打電話來，他隨口說了一句，「妳也一起來吧！」還給了流雲他的房間號碼。

這天晚上晨輝睡前沒鎖門，早上起床伸手一摸，笑了，因為身旁躺了一裸女，他深深感受到有個神奇女友的好處，不必照顧她、不必接送她，她卻能讓你的美夢成真……接下來的事情我們再度跳過不表。

流雲什麼都好，唯一的問題在於有時找得到她、有時找不到，而且一消失就是十天半個月，只要一聯絡不上她，晨輝就天天不能安心、一顆心始終吊在半空中、落不著地。

有次流雲跟晨輝約好晚上十一點會去他家，時間到了，卻遲遲沒出現。晨輝很擔心，深怕流雲是不是出車禍了，可是整個晚上找不到人、隔天還是沒聯絡，好不容易連絡上，晨輝一時之間還搞不清楚自己到底是生氣還是放心，「妳在哪裡？」

流雲在電話那頭壓低聲音說，「我，我不方便說話，下次再告訴你，先這樣！」

電話掛掉，晨輝還在想，奇怪，她在電話裡的聲音怎麼這麼怪，那是一種很奇怪的空間感。悶悶的，像他的心，悶悶的。

可是再見面，流雲也從不解釋，都以臨時出差當做藉口，草草帶過。

這一切謎團，後來是晨輝的前輩解開的。

晨輝一進入電視圈，有個帶過他幾年大姊，晨輝都喊她「師父」，師父在圈裡人面很廣，有天晨輝跟流雲正在公司附近喝咖啡，剛好師父經過，她遠遠跟晨輝揮個手，就算打過招呼，就離開。喔對了，晨輝的這個師父是個女性，女性對於很多事情，特別敏感。

後來師父找了晨輝，先聊了點別的事情，才進入主題，仔細盤問晨輝跟女人在公司旁邊喝咖啡這回事。師父一路帶晨輝，也看過晨輝的正牌女友，覺得這個女友很好，特別來警告他不要劈腿、不要做傷害女朋友的事情，接著，她忽然問起流雲的背景。

一聽到名字，師父就揮手拍了一下晨輝的肩膀說，「啊！流雲！我想起來了！」

她說，「好幾年前，有個朋友拜託我想辦法帶個女孩進演藝圈，就是她，流雲！我記得我那朋友說流雲的爸爸是個大企業家，還有個姊姊，是以前的主播，後來嫁入豪門，就不播了。」

晨輝說，「喔？難怪我覺得她像千金大小姐，但她都沒說！」

師父大姊說，「其實不是，我有次遇到這個主播，問起她的漂亮妹妹，結果主播猛翻白眼說，『沒有，我才沒有妹妹！』後來我才知道，兩姊妹不同媽，流雲媽媽是小三，所以主播從不認這個妹妹，壓根瞧不起她們母女！」

晨輝說，「這樣啊！難怪她不說。」

大姊告訴晨輝，「流雲的爸爸確實是個企業大亨，可是後來死了！大老婆一家與親戚都不認帳，給她們母女一筆錢，就再也不理她們，逼得流雲的媽媽必須開個小酒吧營生。」

晨輝說，「可是她看起來還是個富家千金，還出國留學。」

「那是店裡有個客人心疼他們母女倆，出了筆錢投資流雲媽媽做生意，又資助流雲出國，支付東京語言學校的學費與生活費，因此流雲都喊他『Daddy』，外人還真以為他們是父女倆。我有個朋友拜託我跟她談談，那次她媽媽也來了，也蠻漂亮的。我是覺得這個女孩子條件不錯，漂亮還懂日文，眼睛笑嘻嘻的，應該很有觀眾緣。」

晨輝問，「這是多久前的事？」

大姊說，「好久囉！那時候剛選完女團！八年前，她那時好像二十歲上下，如果她才十七歲，我真會簽她！二十就要考慮，你看，訓練兩年、闖兩年，有一點名氣，就二十五了，訓練成本能不能收回來都是問題，而且這個年紀的女生很不穩定……」

「不穩定？為什麼？」

「多少女孩表現很好、人氣也好，公司砸大錢下去訓練，結果一談戀愛，就毀了！這一行，出道不容易、出頭更難！」

大姊說，後來居中介紹的朋友告訴她，不用煩心了，因為流雲媽媽覺得演藝圈變動太大，還是不考慮出道。大姊旁敲側擊，才知道流雲交了個有錢男朋友，聽說比她大很多，還有老婆，可是答應給流雲媽媽一筆安家費。

當然，是一大筆。

晨輝聽到這邊，又覺得腦袋嗡嗡作響，悶悶的。

流雲的世界，跟他想像的完全不一樣，不是富家女，而是……，他不知道該怎麼定義流雲跟這個有錢已婚男友的關係，二十歲到現在……二十八歲，晨輝忽然覺得頭很痛。難怪，流雲從來不跟他討論未來會怎樣，也從來沒有要他承諾任何事情。

因為流雲知道，自己的未來與晨輝無關啊！

後來，晨輝又與流雲見面，流雲剛結束一趟所謂的「出差」，喜孜孜的拿出一個盒子，送給晨輝。晨輝打開，是一隻手錶，上面很多指針與數字，可以看到日期、星期、時間，應該很貴。

晨輝心中百感交集，他實在藏不住話，直接了當問流雲，「跟妳一起出國，妳所謂的客戶……就是男朋友吧？」

流雲眼神出現了一絲驚訝，一閃而過悲哀，她沒多做解釋，也沒問晨輝知道了多少。她說，「我想，我們多多少少都有祕密，我尊重你的想法，我也盡量想讓你快樂！如果你改變了想法，我也接受。……但我心中的男朋友，只有你。」

晨輝想起這一年的交往，他們過了一個冬天、一個夏天，有流雲在，時時刻刻都像有滿天燦爛奪目的彩霞。可是這樣的關係可以持續嗎？還有，他自己的女友又怎麼辦？

兩人各自冷靜了一陣子。

後來是流雲打電話給他，他一聽到流雲的聲音，身體各種激素又領先大腦，立刻滋生出無比快樂感受，一種像上了癮一樣無法抵抗的開心、興奮，於是他又答應了流雲。

這天流雲出現在他家門口，看起來像是一隻受了傷的小鹿，眼神水汪汪的、充滿了驚懼不安，這個眼神讓晨輝心疼極了！他一把將流雲摟在懷裡，輕輕的告訴她，「沒關係，沒關係！」

此後，兩人還是繼續交往，只是他知道流雲有個「固定」的男朋友，流雲也知道他有女友。這種「雙不倫」，是人世間最穩固的關係。他們就這樣相處了一年，起起伏伏了一整年。

晨輝說，他覺得這段日子頭都是昏的，腳踏不到地，一方面很欣賞流雲，但又對不起女朋友，這四角關係讓他有點吃不消。

流雲有次跟他一同去日本，他安排了溫泉之旅，這趟旅程感受很美好，兩人時時刻刻都覺得幸福得跟真的一樣！第一次，他們倆都想給「永遠」一個機會。

晨輝告訴我，「我們那時候還一起租了個房子，一起去看家具、買居家用品，真的像是要過新生活的小夫妻。流雲還告訴我，她會離開『那個人』，但她沒逼我，我心裡知道，是時候該做個決定了。」

但這個房子，兩人租了半年，卻只住了兩次。

我問，「怎麼了？」

晨輝說，「真有了兩個人固定的地方，那種渴望的魔力忽然就消失無蹤……，我也說不清怎麼回事，但她帶來的吸引力，忽然變成沉重的責任，變成負擔，老哥，你懂嗎？」

我說，「只要是承諾，都有責任啊！又不光是她！」

「她不一樣，因為她家就靠她！我當然會想，未來要怎麼負擔她、怎麼負擔她全家？」

「真結婚之後，會有辦法的，後來呢？」

晨輝說，「後來，我們就漸漸淡了，她不約、我也不約了，半年後，她告訴我，房子退了，我也沒說什麼。沒多久，就聽到我那個師父說，那個男朋友跟她宴客了！」

「那男的離婚了？」

「沒有，那男人根本沒離婚。所以我聽了，百感交集。」

我說，「唉！這也是她的選擇啊！」

晨輝說，「是啊！我覺得她讓我有了些領悟、有了些體會。」

我問，「什麼體會？」

晨輝說，「當一件事情太刺激，刺激到讓我心臟怦怦跳、坐立難安的時候，我反而要更仔細的想一想，這真是對的嗎？」

我說，「不錯啊！成長了！」

晨輝說，「其實，最近她還打電話給我，我看到來電人的名字，又覺得心癢癢的！」

我問，「她說什麼？」

晨輝說，「她問我，『有空嗎？』我忍不住就說，『什麼事？』結果她說，『什麼事都可以，我現在做什麼都可以！』」

我聽了，可急了！「那你呢？你說什麼？」

晨輝嘆口氣，「我當然很興奮，覺得血壓都高了起來！可是回頭一看，唉呦！我女朋友不知道什麼時候站在我後面，盯著我講電話！女人直覺太可怕了！我只好說，『謝謝，我現在不需要貸款！』然後把電話給掛了！」

然後晨輝嘆了口氣，「唉！」

我拍拍他，「好漢不吃眼前虧啊！」

這些事，都是我朋友晨輝的事，都不是我的事！

14 你記得我是誰嗎？

我前幾天看了部老電影，叫做《巴黎來的私生子》，講一個中年人忽然接到一封信，是他年輕時在巴黎認識的情人寫來的，說她得癌症快死了，必須告訴老情人一件事，就是當年她懷孕了，生下一個兒子，這兩天，兒子就要上門認爹。

這讓我想到了老友阿良最近發生的事情。

阿良二十多歲的時候，組了個搖滾樂團出道，他是主唱，那時候我做節目常跟他聊天，變成好友。當年他很迷人！頭髮像刺蝟一樣，臉冷冷的，一開口唱歌就讓女歌迷尖叫、昏倒，當然，私底下也豔遇不斷。

但這都已經是過去的事，當年阿良唱了一陣子，就轉入幕後當音樂製作人，二十多年沒上台演出。而且他崇尚自然，不肯往臉上打東西，當年的刺蝟頭青春少年兄，加上歲月、加上風霜，轉化成有眼袋、皺紋、頭髮花白的阿北。「阿北」就是「伯伯」，其實很容易區分，不太帥的中年男人是「阿北」，如果中年了還很帥，就是「大叔」！

說實話，阿良阿北是有點變形，但他的刺蝟頭始終如一，即使變成蓬鬆白髮，還是有死忠歌迷記得他。偶然在路上看到他，會驚喜尖叫「啊！阿良！」阿良都會笑笑跟他們拍照留念。

阿良告訴我，他最怕一種人，就是看起來明明是個陌生女人，卻在迎面而來、兩人即將交錯而過的那一刻，喊住他「阿良！」然後用一種極為哀怨的眼神、極為淒涼的聲音，咬牙切齒的問出他最怕的一句話，「你記得我是誰嗎？」

對於交往過一、二十個女友的男人來說，這類題目不難解決；可是前樂團主唱阿良，前女友的數目多到記不清，在加上年紀影響，他大腦的記憶體容量早嚴重不足，有些人只剩下斑駁印象，有些、甚至連一丁點印象都沒有。

他畢竟是曾經紅過的歌手，倘若跟人怎麼了，又把人忘了，傳出去只顯得自己是個百分百的人渣，所以第一時間阿良都說，「記得，當然記得！」

聊幾個關鍵字之後，有時候阿良真能想起她是誰，就算想不起來，也能說，「我還有事，下次再聊！」快速收尾！

也有女人在「你記得我是誰嗎？」「記得，當然記得！」之後，繼續追問，「那我是誰？」

阿良說，這下子就糗了，只能拚命搜尋，然後做出特別沮喪的表情說，「你看看我這記憶，名字就在嘴巴上了！講不出來！」蒙混過去。

他還曾想著，會不會有一天，有個女人帶著哀怨的眼神上門，牽個小孩對他說，「叫爸爸！」那該怎麼辦！

這天阿良告訴我，他上個月在機場遇到了一個人，他說，「是小管。」

我驚訝的說，「小管！」隨即很多往事迎面而來。

三十多年前，阿良跟小管好過一陣子。小管那時候剛剛開始演戲，外型很可愛，專門演刁蠻千金那種路線，個小小的，可愛可愛，很受歡迎，但兩人都是藝人，戀情不能曝光，約會總要拉一堆人當擋箭牌，詳情就只有我們幾個好朋友知道，所以我跟小管也很熟。

這麼多年沒見，是小管在機場先看到他，喊了聲「阿良！」阿良警覺性的低頭，以為又要面對「你記得我是誰嗎？」的疑問，後來瞥到是小管，瞬間安心，兩人都檢查了一下對方身邊有沒有旁人，才輕輕擁抱了一下。

我問，「她現在怎麼樣？」

阿良說，「看起來富富泰泰的，很好命的樣子。」

阿良記得小管跟他分手之後，沒幾年，就跟一個冷氣小開結婚，還生了個女兒。他跟小管就站在機場的免稅商店、咖啡店之間，聊了聊女兒、老公、生意等等，小管過得不錯，生意也做得很好，女兒已經到倫敦留學了！這時候小管說，「欸！阿良，我還有個兒子！今年三十了！」

阿良愣了一下，「喔？」

這時候冷不防一整個旅行團從他倆中間穿過，老的、小的、哭的、喊的，沖散了他們，阿良老遠看到小管在走道的另一端、指指另一端的登機門，意思是她要登機了！兩人遠遠的揮揮手，經過三十多年，又要各走各的路，讓阿良百感交集！

我說，「很好啊！久別重逢，又是你很喜歡的人，感覺還蠻溫暖的！」

阿良說，「是啊，可是，重點是，你有聽說過小管有個兒子嗎！還三十歲了！」

我說，「沒有啊！只記得她後來嫁給那個做冷氣的，生了個女兒吧！」

阿良說，「是啊！奇怪，怎麼會冒出個兒子呢？她到底什麼時候生的？我想著想著，好幾天睡不著覺！」

阿良唱歌的時候，有個招牌表情，就是撲克臉，沒什麼表情，當年他說這叫做「冷調搖滾」，越酷越有魅力，我眼前的他整個臉皺得像個包子，完全酷不起來，看起來非常苦惱。

他說，「我這幾天一直想，為什麼小管要加這一句，『我還有個兒子！今年三十了！』她為什麼要說『還有個』……『還有個』，到底是什麼意思？太奇怪了！」

我問，「哪裡奇怪？」

阿良說，「三十歲，這個年齡很尷尬啊！你看……」阿良從口袋裡拿出紙筆，上面已經寫了一堆數字，「你看，我跟她一九八七開始交往，那時候開放台灣居民回大陸探親，我記得很清楚，我爸是八八年先到香港、再去上海，那時候還不能直飛，還是我跟小管開車送他去搭飛機！」

「我爸去了一陣子，回來發現我跟小管竟然分手了，他還很火大！比當年知道我要唱歌還火大！」

我說，「老伯這麼生氣啊！」

阿良說，「小管是個好女孩呀！其實我們分手是有點莫名其妙的，她也沒說什麼，就走了！」

我說，「所以呢？」

阿良說，「我一直想，她這個兒子，怎麼會是三十歲呢？我怎麼算，都……你看，三十歲的話是一九八九年出生，總要懷孕啊，那應該是一九八八年有的，那時候我跟她正在交往啊！你看……」

我看阿良手上的那張紙，已經反反覆覆寫了很多算式，連懷孕日跟生產日的推算都寫在上面，我這輩子還真沒看過他對數字這麼熱心！

阿良已經是兩個女兒的爸，我知道他很想再生個兒子，父子倆可以一起打籃球、教兒子泡妞什麼的，可是老婆懶得理他，覺得已經生了兩個又乖又貼心女兒，夠了！不想再生了！

如果現在出現個「現成兒子」，可說是阿良的美夢成真。

我看阿良滿臉期待，笑他，「所以你懷疑，那兒子是你的？」

阿良喜上眉稍、像還沒到耶誕節卻接到了耶誕禮物的小孩，笑著說，「對！」

我問，「有可能嗎？」

阿良說，「你看，小管當初跟我分手，為什麼這麼倉促？很有可能是因為她有了！」

我說，「她有了，為什麼不跟你說呢？她不想跟你結婚嗎？」

阿良說，「我想了半天，很可能是她還有合約，她如果告訴我、我們勢必要結婚，公司會告她違約！我那時候脾氣又不好，很可能一言不和就揍她老闆，所以她乾脆躲起來。」

我存疑，「不合理吧！只要是你的孩子，她一定會告訴你啊！……我倒覺得，那孩子不是你的！所以她才沒說……」

阿良立刻說，「不可能不可能！一定是我的，不是我的是誰的！你不要誹謗她！」

阿良立刻擺出護花使者的架式，心疼的說，「你想想她，這些年要怎麼顧及一切顏面，養大孩子，很辛苦啊！她真的應該要跟我說啊！哎呀！越想越心疼！」

我笑了，很少看阿良這個撲克臉這麼苦惱，就建議他，「去問她，問問就知道了！」

阿良說，「我沒她電話！而且，我總得為她想一想，你看，她嫁給現在這個老公的時候，孩子應該已經五歲了，看起來，她老公應該照單全收了，我忽然跑出來算什麼？

過去沒幫上忙就算了，現在跳出來問，不就打亂她的人生！」

我說，「倒也是，不過……我還是覺得你想太多！」

阿良又從口袋裡拿了另一張紙，「你看，我仔細推算過所有可能性，我們是七月分手，如果小孩是一九八九年的魔羯座，懷孕要兩百八十天……」

我忍不住插嘴，「阿良啊！你要不要順便去考醫學院當婦產科醫生算了！」

阿良說，「拜託！你幫我去打聽看看，只要問到小孩的星座就好！從摩羯座到金牛座，都會是我兒子！後面的星座，就跟我沒關係了！」

我說，「這……你這不是為難我嗎？前不久，我的大學同學才託我找初戀，現在你託我找兒子！我什麼時候成了包打聽，我是這種人嗎?!」

阿良說，「這是因為你認識的人多，大家信賴你啊！拜託，不靠你，我靠誰啊？」

兩個月過去，阿良約我，劈頭就問，「兒子找到了嗎？」

我說，「一場誤會，那兒子根本就是小管哥哥的孩子，她帶大的！不是她生的！」

阿良說，「啊？喔……」聽起來很失落。

我說，「也好啦！起碼你還做了兩個月的兒子夢！真要兒子，回家跟你老婆商量一下，有人五十多還生龍鳳胎的！」

阿良說，「去你的，這個歲數要再來一次奶瓶尿布，我老婆會先殺了我。」

我們又繼續批評了一下時事、聊了一下籃球跟高爾夫，才各自解散。

其實我沒告訴阿良真相，真相是……我根本沒去問小管！想不到吧！

我覺得，兒子如果真是阿良的，總有一天，當小管準備好了，她一定也會像《巴黎私生子》裡的女主角，寫封信告訴阿良，「阿良，其實我們有個兒子……」到時候，不就真相大白了！

在此之前，我只想讓阿良可以安心睡覺，別再想他那莫須有的兒子了！

這些事，都是我朋友阿良的事，都不是我的事！

15 開藝廊的女人

今天，來聊聊我的朋友，科技業詹董的事。

詹董是工作上認識的朋友，我們常一起參加某個單位的諮詢會議，聊著聊著，也就熟了。

有次開完會，詹董忽然問我知不知道誰可以介紹藝術品，他想收！我說，我喜歡看畫，也收了些畫，他就問我欣賞哪類藝術家、市場上的評價如何，我把我所知道的，精簡的告訴他。

詹董就是台灣典型科技產業的老闆，年輕時開工廠，看到科技業景氣不錯，就多加一條線生產電腦用的零件，然後投入越來越多。生產線多了、工廠擴大，變成從傳統製造業搖身一變，成為高科技業，還到深圳成立工廠，一路做到現在。但他的世界只有工作，對其他事情一竅不通，也毫無興趣。

好比我們這個諮詢會議定期聚餐，會議的主辦人總會找很精采的餐廳款待會議來賓，可是詹董吃完問問價格，搖搖頭說，「吃碗牛肉麵跟吃塊和牛，最後拉出來的，還不都是大便！」不懂這餐飯為何如此昂貴。

但我也挺欣賞他樸實無華的個性，不耍心機、端架子。這樣的詹董忽然問起藝術品，讓我好奇了，問他，「想買畫啊？」

詹董說，「是啊，有個朋友開畫廊，聽說很多老闆都委託她買畫，還說投資藝術很好賺，什麼五年前十萬買進的畫，現在可以賣到一百萬！毛利真有這麼高嗎？比我做那些電腦的東西好賺多了！

我問，「喔？哪個畫廊？」

詹董說，這個人叫美玲，第一次朋友介紹他們見面，詹董主動問她，「我一直覺得『畫』的性價比很低！你看，一張紙，配上個框，真能值這麼多錢嗎？誰能保證永遠有這個價值呢？」

美玲說，「詹董，這樣說好了，親戚朋友到你家參觀，看到裝潢好漂亮，可是家裡最貴的，卻是那台電視！這⋯⋯」美玲搖搖頭，暗示這樣實在上不了檯面。

詹董被美玲的這句話說得心動，他跟他太太都忙得要命，根本沒空想這些美不美的事情，所以他們家牆上掛的是室內設計師幫他們買的風景畫，像買地毯一樣的邏輯，只看顏色跟沙發搭不搭，搭配好就ＯＫ。

在美玲的說明簡介之後，詹董才知道原來藝術品原來跟股票一樣，可以增值、可以炒作、還有很多不明說的用途，難怪那麼多人喜歡收畫，還喜歡把畫放上拍賣場，其實就是炒作價格。

我故意裝做不懂，問詹董，這個美玲，打算怎麼幫他炒作。

詹董說，「美玲告訴我，她畫廊裡有一些年輕的藝術家，作品都很好，但是名氣還沒起來，她可以讓給我一些，我可以拿回家掛，也可以放在畫廊倉庫裡，等個五年，她就會推一波拍賣！」

詹董說，「我問她，萬一價格不好，拍賣沒人接，不就見光死？結果美玲說，保證不會，而且價格只會更高，起碼翻倍，因為她會安排暗樁！保證獲利！」

我說，「真有這種事？萬一沒這麼好呢？」

詹董說，「她說，她保證原價買回，還補我利息！就當做我借錢給她！她借畫給我掛！」

我說，「結果你買了嗎？」

詹董說，「沒有，我還是覺得要看一看，這不是我擅長的領域，不能隨便把錢丟下去。」

我說，「也對啦！藝術品市場跟全球經濟景氣有密切的關聯，風險其實不低！」

詹董說，「是啊！所以我想問問你的意見，你認識美玲嗎？」

我那時候笑笑、沒多說什麼。其實，美玲在圈裡挺有名氣，因為她真的很懂畫，而且很會賣畫。

美玲不是藝術家，卻是道道地地的「藝術家推手」。一開始，她很努力的幫畫家男友賣畫，結果男友成名後，說要去外面看看，還把她的車給開走了！就這麼一去不回頭。

但美玲韌性堅強，她像培養自己男友一樣，一波一波的操作年輕藝術家。台灣的藝術市場有幾大「山頭」，某個藝術學校的老師會特別照顧自家弟子，所以大畫廊、大比賽，都讓這些人包了。

而美玲專走特別路線，主攻當代藝術，越奇特、她越喜歡，而且真讓她做起來幾個藝術家；藝術市場就是這樣，培養十位畫家，其中只要紅一個，對畫廊來說，就是挖到寶了！

這樣反覆操作幾波之後，美玲體會到藝術品市場不是賣家市場，而是買家市場，更多的時間花在這些買家、這些金主身上。我眼前的詹董，看來就是她名單上的「新人」。

詹董嘴上說「再看看！」但不久之後，聽圈子裡的朋友說，美玲幫詹董買了些畫。

某次開完會，詹董問我有沒有空，想聊聊，他說，「我後來還是跟美玲買了些畫。」

我故意裝做不知道，問他買了些什麼，還小小評論了一下。

詹董說，「我本來沒這個計畫的，畢竟也不是小數目。可是美玲實在很熱心，很殷勤，你也知道我們都不是小鮮肉，人家靠過來一定有她的企圖……」

詹董遲疑了一下，繼續說，「她對我真的好積極、好主動，帶我去畫廊看畫，從頭陪到尾，而且，我走一走鞋帶鬆了，她居然立刻跪下來幫我繫鞋帶！我的媽呀！我老婆從來不會這樣對我！」

詹董在台灣有家、深圳有工廠、孩子又去澳洲讀書，三個地方都買了房子，老婆像候鳥一樣，按時飛來飛去。因此，詹董一年裡有八個月是單身漢。不過他很精明，知道科技業這些大老闆們是很多女人眼中的獵物，夫妻分離兩地期間，他對於外界誘惑不感興趣，光對技術創新、對賺錢感興趣。

可是美玲這一跪、一綁，硬是把詹董給「綁」出了興趣。

我過去聽說過美玲的「待客之道」，她專攻上市上櫃大老闆，被她盯上的人，多半會鬧家庭革命，不少董事長不斷掏錢買畫，買到家庭失和。這些正宮老婆氣不過，會在聚會裡加油添醋嚴重警告其他姊妹淘，千萬不能小看這個美玲，所以正宮們都不願跟美玲出席同一個宴會，隱性的排擠她。

當然，大老闆眼中的美玲是另一個樣子。好比詹董就說，「這個美玲很聰明，不只是賣畫，她想讓大家都生活在藝術裡。」

好比他們第一次在畫廊看畫，第二次，美玲邀他看畫展，沒想到竟然安排他飛到香港看巴賽爾畫展！一個世界知名的藝術展覽，美玲全程陪著他，詹董說，「她還在我耳朵旁邊說每個藝術家誰是誰、哪幅畫會漲、哪幅沒機會，但是，我都沒買！」

而且不只看畫，美玲還招待詹董吃米其林三星餐廳、品酒。詹董說，「我以前覺得吃美食浪費時間浪費錢，但這次，總算吃出了樂趣！」他忽然靠近我說，「但我不笨，到了晚上，美玲說，已經幫安排好酒店房間，我立刻說，不不不，我要飛回台灣。」

我說，「你倒是守身如玉啊！」

詹董呵呵笑，他自豪是精明的生意人，這趟行程他沒買一張畫、也沒出一毛錢，因為他並沒有order任何東西，全由美玲全程招待。但他也不趁機占人便宜，詹董說，如果真在香港待一晚，他搞不清楚到底是誰吃虧。

但這一天的相處讓美玲與詹董從陌生變熟悉，美玲要求去詹董家看一看，好知道他的品味，於是詹董帶美玲回到他在山上的別墅。

美玲也不急，接下來每隔兩三天，就幫詹董安排些活動，她從容不迫的介入詹董生活，一陣子之後，外界都覺得美玲與詹董的交情匪淺，甚至詹董家別墅社區外面的警衛都習慣了她的造訪。

美玲慢慢的改變詹董的家。

一開始，她只幫詹董買了新的燈飾，當然讓掛在牆上的畫更搶眼、細節更生動。詹董在美玲的引導下，終於「入甕」，一頭栽進「藏家」的世界，開始買更多畫作，也有模有樣的分析藝術市場。他跟我們開會的時候，都會找機會分析，「你們看，藝術品的市場區隔很明顯，新手喜歡寫實、老鳥喜歡抽象，但真正懂藝術的、有眼光的藏家，都收當代藝術！有空來我家看畫！」

其實，這套都是美玲的話術，但詹董照單全收，居然慢慢成了當代藝術的大收藏家。

而且收了新畫，他也會委託美玲出售舊畫，美玲短短時間之內從他身上賺了不少錢！

後來詹董告訴我，他老婆從澳洲回來發現家裡竟然全變了樣，滿屋子怪東西，非常憤怒！而且發現老公這幾個月竟然常常帶這個美玲出席各種場合，導致外界傳言她跟詹董離婚了！

詹董說，他老婆氣急敗壞的摔了美玲買的燈、拆了美玲買的椅子、扔了美玲買的擺飾，唯獨沒砸詹董跟美玲買的畫，因為詹董鼓起勇氣擋在前面說，「這個不能砸！新的！兩百萬！」

詹董老婆拿起一個花瓶對著另一幅畫說，「那我砸這個！」

詹董分身乏術，只能嘆息說，「好啦好啦！那個一百萬，舊的，就讓妳出氣吧！」

詹董太太氣的說，「你就這樣喜新厭舊？我偏要砸新的！」

好在這個花瓶太重，根本飛不出去，直接掉在地上。讓詹董鬆一口氣，趕緊安撫老婆，他告訴老婆，「藝術無價亦有價，但我們的感情，無價啊！」

老婆聽了這番話，跌坐在地上哭了起來，詹董看了心疼，承諾老婆，未來會換一個藝廊買畫、賣畫。

上個月，我在台北當代藝術展遇到詹董，他正對其中一件作品讚嘆不已！也是一個現代藝術。我看，就是一堆立燈砸壞了、堆著、忽明忽暗，他直誇，這個隱喻又抽象又具體，太精采了！

我的理論是，一件藝術品之所以能感動人，必定是藝術家赤裸呈現自己的內心世界，同時喚醒了喜歡、欣賞這作品的人內在靈魂某個片段。

我說，「詹董，心有同感嗎？」

詹董說，「很震撼、很感動，這線條，你不覺得很有力道嗎？」

我說，「詹董啊！這個現代藝術應該叫做『couple's fighting』！夫妻打架！」

詹董苦著臉笑說，「說得好，其實我越看越眼熟，跟我家箱子裡面那些堆在一起碎掉的名牌燈、名牌瓷器、名牌椅子好像啊！直指人心啊！」

我們很有默契的笑了起來。

這些，都是我朋友詹董的故事，都不是我的事。

後來詹董，還真把這些倒在地上的立燈、現代藝術買了回去，後來他太太把這堆取名為「不能扶正」！喔！沒有任何一個女人，可以被扶正的！

IV

有點關係，一點點關係

16 與女神交會的光芒

今天，要來說說我的老同學，陳毅勇的故事，但要說他，就必須先說說小光，她是我們村子裡的小甜甜，陳毅勇喜歡了好久的女孩。

小光是我的老鄰居，她的爸爸是村子裡少見的軍官，官階比我們這些人的爸爸來得大，她媽媽則是村裡出了名的勢利眼，不准她家三個小孩和村子裡其他孩子玩，始終認為我們些窮孩子配不上她女兒。

每次靠近她家大門，她媽媽都會掄起掃把指我們說，「走開走開，吵死了！」

不過小光跟她媽媽不同，我們同一屆，在學校的時候，她都很溫柔的對待同學，她就是班上的好學生，認真讀書、考第一名、還天天練鋼琴。當我們班上其他女同學跳橡皮筋、跳到滿頭大汗、跳到三角褲都露出來的時候，她的琴聲始終靜靜的、穩穩的，從她家傳到我們玩遊戲的小廣場，因此大家從小就知道，小光是個跟我們不一樣的女孩子，她的氣質是誰都比不上的。

我們都是軍人的小孩，有些小孩很叛逆，天天讓爸媽追著打；但小光不同，她很服從，但我沒想到她就這麼一路服從到長大。每個孩子都有青春期、叛逆期，這種時候，我爸媽那輩的父母才沒空親子溝通，一律拿棍子打！今天爸爸打、明天媽媽打，後天爸爸媽媽一同雙打；有時候嚴重了，哥哥、弟弟、姊姊、妹妹，全家出動幫忙把孩子綁起來打，讓爸媽打！當然，這些事情現在都變成虐童，但是真的，每個小孩都叛逆過，都曾經對爸媽頂嘴、或是認為爸媽不懂自己而想要離家出走！

但小光沒有叛逆期，她始終像是一潭寧靜、漾著藍綠色、清澈透明的湖泊，她總是文文靜靜的看著這個世界，該做的事情她都做得很出色，甚至連考試，都能考上台灣最好的學校，台灣大學的中文系，她一直是村裡女孩當中最美麗、最懂事、最有氣質的小甜甜。

當年我們村子裡的媽媽們都會告誡他們的女兒，「妳看小光姊姊，專心讀書又聽話，還考上台大！妳也要學學她！」

我跟小光同班了小學六年，後來大家都到台北讀書，有時候也會聚一聚，陳毅勇是同學裡面最積極的，特別喜歡小光，一看到小光就頻頻獻殷勤，但是小光對於異性始終不感興趣，因為她媽媽會把關。

好比陳毅勇想約小光看電影，「小光，要不要去看個西部片？」

小光會說，「我問問看我媽。」

陳毅勇說，「幹嘛問妳媽媽呢？妳想看，我就請妳去看！」

小光說，「我怕沒有時間，因為我媽有很多事情，我都要幫忙！」

陳毅勇還是不死心，「那妳問妳媽，有沒有那一天，她不需要妳，我就請妳去看電影！」

唉，陳毅勇的底細，小光的媽媽還不清楚嗎？等小光回家問媽媽，小光媽媽當然立刻說，「沒空！妳怎麼會把時間浪費在陳毅勇身上！妳要往上看！交一些家世好、有前途的朋友！」

陳毅勇並不寂寞，不只他被小光拒絕了，很多人都被小光拒絕了。因為小光很漂亮、又有氣質，不管國中、高中、大學，追求者從沒停過。

每次校慶，她收到的花比校長還多。有一陣子大學之間流行「西瓜節」，這天，各個學校的人都可以訂整顆西瓜，跨校送給心儀的女孩。結果聽說小光班上立刻「瓜滿為患」，每個瓜都寫著小光的名字，讓小光大為苦惱，想轉送給女同學、女同學還會嫉妒得說，「我為磨要拿妳的西瓜！」你看，氣到「為什麼」直接縮為「為磨」，不情願當小光公主身邊的宮女。

我們在大學畢業那年曾經聚會過，我記得有個姿色普普的女同學問小光，當個大美人到底是什麼感覺?小光立刻臉紅了,她有點窘迫的說,「妳好無聊喔!大家不是都一樣!」

大夥聽了呵呵的笑,每個人心裡都說,「哪裡一樣?妳也太假了吧!」

我有時會聽同學說起小光的八卦,好比她媽媽幫她介紹了哪個將軍的兒子、哪個高官的兒子、哪個大企業的二代,她都乖乖的去相親。而且相親的時候媽媽一定寸步不離的坐在旁邊,由媽媽發問,像面試一樣審核小光的相親對象。

回家之後,小光媽媽就對這個相親對象品頭論足,高官的兒子太懦弱,企業家二代看起來就沒用,光會聽爸爸的話!好不容易遇到將軍的兒子,高大威武又帥氣、還讀了美國軍校回來,小光媽媽卻覺得他的將軍爸爸站錯隊伍、找錯靠山,沒卡進目前主流的派系,未來恐怕會被架空,根本沒前途可言!

這些男友候選人,全都讓小光媽媽退貨,所以小光始終沒交過男朋友。

這些八卦，當然都是陳毅勇打聽來的。他就像我們班的小光專家，關於小光的事情他統統都知道！後來陳毅勇考上公務員，在區公所上班，他是不是奉公守法，我真沒研究過，但我知道，他還是很喜歡小光。偶爾在老家遇到他，閒聊三兩句，他一定會提起小光。

下次同學會，又十年過去，同學都三十多歲，大部分已經結婚生子，包括陳毅勇。但他還是帶來小光的一手消息，他說小光還是沒有男朋友，結果小光不急，他媽媽終於急了，因為親戚朋友介紹給小光的對象，不再是醫師律師建築師，而會問一句，「妳女兒介不介意離婚的？離婚的才知道怎麼疼老婆！」「我有個朋友，腳不太方便，可是他生意做得很好，很會賺錢！」「如果小光不介意，我有個朋友現在單身，有個兒子，不過兒子都是前妻照顧，不礙事的！」。

我問陳毅勇，這些事情你哪裡聽來的？你在小光家裝了竊聽器嗎？陳毅勇說，小光媽媽很愛打電話，陳毅勇的媽媽每年過年都會打電話給老鄰居拜年，小光媽媽就會一五一十的告訴陳媽媽。一開始是炫耀小光的追求者都有錢有勢；後來這幾年，則在抱怨這些親友不長眼，怎麼淨找些拐瓜劣棗。有次陳毅勇的媽媽忍不住說，「哎呀！可惜我們毅勇結婚了，不然就追你們家小光，他們小時候感情很好的！」

沒想到小光媽媽直接說，「你們家毅勇？唉呦，算了吧！我們小光台大的！他罩不住啦！」

語畢，陳毅勇的媽媽只覺得臉上彷彿挨了記熱辣辣的耳光，原來這就是所謂的「打臉」！一時之間，她也不知道該接什麼，沉默片刻後說，「哎呀！想想小光也過三十五了，不知道還生不生的出來喔！對了！我爐子上還有湯，快燒乾了，先不跟妳說了！」也不等小光媽媽回應，立刻掛了電話。

等陳毅勇回家，他媽媽當然一五一十跟陳毅勇全說了，還又補上一句，「小光媽媽也不看看自己女兒的條件，過了三十五歲，台大又怎麼樣？生得出來嗎？真要你娶她，我首先不同意！」

當然，陳毅勇早就結婚，還生了兩個孫子，陳媽媽這句話純粹是長自己威風，熬了這麼久，終於輪到她挑剔小光了！

我們這些同學自從大學畢業那年的同學會，就沒再見過小光，她也不再出席班上聚會。這個漂亮出眾的老同學、老鄰居，眾人還是有很多好奇與想念，一直鼓吹陳毅勇再約她出來聚聚。

後來國小畢業三十年、擴大舉辦的同學會上，小光終於出現了。

那年我們都四十歲出頭，我看鏡子，會看到一張膠原蛋白早跑光的老臉，眼袋比眼睛大，但剛走進會場忍不住看了看門口的標示，怎麼一屋子人看起來都老得像我爸！仔細一看，啊，真是我們小學同學，歲月讓很久不見的小朋友，直接變成他爸媽了！

這天小光來了，她穿著一件粉紅色的緊身連身裙、頭髮染成金色，上面彷彿可以看到乳溝，下身一彎腰彷彿可以看到內褲，腳上還穿了雙超高的高跟鞋。

我們都嚇了一跳。小光！這是小光嗎？那個文靜美麗、總是靜靜的彈著鋼琴的小光？中文系的大美女小光？她怎麼好像變了個人！

這天小光情緒很High，她的臉變化不大，化濃妝，有長長的假睫毛、黑色誇張的眼影，因此神情也變了。以前她看似無欲無求，現在則是滿臉的欲求不滿，頗為驚悚！

她像隻花蝴蝶遊走全場，笑著笑著就貼到男同學身上，話多而且動作大，我驚恐的看了看陳毅勇，他也給了我一個驚恐的眼神。但接下來小光跑去跟他講話，陳毅勇又變成那個小學六年級的純情男孩，驚喜的看著熱情的小光。

小光到底哪裡變了？我一直想，她整個人不合時宜，二十歲的女孩穿粉紅色，看起來像芭比娃娃，但四十歲的女人還是一身粉紅，感覺像是個會走動的霓虹燈，穿上露屁股蛋的衣服……真是有點不知道眼睛該往哪裡擺。

而且小光講起話來也奇怪，動不動就說，「我最想念的就是你們！」「我知道你們一定會支持我的！」「到哪裡去找這麼好的老同學啊！」

雖然字面上都沒錯，但她是小光啊！是寧靜的、透著藍綠色神祕亮光的美麗湖泊，怎麼忽然變成錢塘江的大漲潮，動不動拍出粉紅色的滔天巨浪？

後來小光看到我，直接跑來抱了抱我，她貼在我耳朵旁說，「怎麼樣？要不要跟我私奔啊？」

我笑了笑，「妳喝多啦！」

小光說，「怎麼？嫌我老啦！我告訴你，薑是老的辣！」然後她用很迷茫的眼神看著我說，「你不試試，怎麼知道錯過了什麼？」

老實說，小光四十歲還是很美，皮膚、樣貌都跟過去差不多，而且身材保持得不錯，可是談吐間總有種飯館賓客走光、杯盤狼藉的滄桑，只能說，「妳比我還會開玩笑啊！」

這天同學會上，小光鬧了一陣子之後，我看她似乎喝醉了，問她要不要去外面透透氣，她意味深長的看了我一眼說，「你要追我啊！」我趕緊說，「純透氣！純透氣！」

我們離開餐廳，她身上的酒氣散了些、連帶讓氣場也咻的垮了下來。

她看著路上熙來攘往的車流說，「班上就你最小，沒想到做的不錯！」

我笑了笑說，「起起伏伏啦！妳呢？裡面亂糟糟的不能聊天，妳現在，在忙什麼？」

小光說，「我搬出來了，不跟我媽住！」

「喔！」

「我媽啊！管太多了！從小到大都掐著我的脖子，後來大吵一架，她又說『妳給我滾出去！』」

「妳就滾出去啦？」

「早該滾了！我都幾歲了？」

「你們之間，怎麼了嗎？」

「真想聽啊？」

「是啊！」

小光說，「有一天，我媽在我房間的垃圾桶裡，發現了驗孕棒！」

「啊？」我真的很驚訝，因為我真以為小光還是處女。

小光說，「她立刻把我叫回家臭罵一頓，說我這樣下賤，將來怎麼嫁人！我就跟她說，媽！我都四十了！不能有性生活嗎？」

「妳媽應該沒法接受妳這樣說吧！」

「當然，她說，妳不能這樣隨便跟人上床，這樣將來怎麼對妳的公婆交代、怎麼對妳的老公交代！」

「我說，我都四十了！不需要對誰交代，對我自己能交代就好了！她就要我滾出去，說我不知感恩！所以我就滾了！」

「那妳，真懷孕啦？」

「你管那麼多！」

「唉呀！這年頭，能懷孕是好事啊！」

「可惜沒有。不過這支驗孕棒，讓我媽跟我整整兩年不說話，她不理我，我也不理她，今年才回家去看她，因為她病倒了。」

「……那妳媽看到妳，有沒有說什麼？」

「她說，叛逆完了，就回來吧！還是妳家。」

「然後呢？」

「然後我就哭了，別人十六歲青春期，我四十才叛逆，等我叛逆完，還是要回去照顧她。她最討厭粉紅色，我就天天穿粉紅色氣她，我就是要告訴她，我就是我，我跟她不一樣！」

看著眼前的粉紅色小甜甜，想起過去那個寧靜、優雅的女孩，我說，「那妳還彈鋼琴嗎？」

「讓別人去彈吧！我對談情說愛比較有興趣！怎麼樣？要不要跟我來個黃昏之戀？如果是你，我真的可以喔！」

我說，「不了！雖然妳只大我三個月，但……我還是沒法接受姊弟戀！」

唉，青春期的少女，就像玫瑰花上的刺，令人棘手。不過小光的狀況更棘手，因為她的青春期來得太晚，當然刺更大、更尖、更天翻地覆。

那一天散場時，陳毅勇自告奮勇要送小光回家，我把他拉到一邊說，「她明顯已經喝醉了，你送她回去要當心……」

陳毅勇說，「你想到哪裡去了！當心什麼？她女神欸！我才不會趁人之危！」

我說，「不是，我知道你不會動她！但是，她可能會動你！」

陳毅勇臉上表情瞬間變得好興奮，「不會啦！她女神！不會啦！」

我說，「也許，她想要的就是在一場大醉之後，一個能帶給她溫暖的身軀……，所以，你就不要潔身自愛了！記得，千萬不能說不行！」

陳毅勇嘴角抖動了一下，「這樣不好吧！」

我拍了拍他的肩膀，「沒什麼不好，好好把握兩人交會時散發的光芒啊！」

看著陳毅勇扶著小光離去的背影，我忽然有點惆悵，所謂「英雄老了嘮叨、美人老了遲暮」，時間不能往回走，再美麗的花朵，也要把握時間盡情綻放，才不辜負了好時光。

後來又過了十年，我們再開同學會，大家又起鬨要陳陳毅勇再找小光，只是這次，小光再也不願接起電話……。

這是我朋友陳毅勇，和他暗戀一輩子的小光的故事，不是我的故事。

17 遇到老馬王子的女人

今天，要來說說我的老友，白馬老王子，簡稱老馬王子，彼得的故事。

彼得家裡很有錢，在山上有別墅，在市區有房，爸爸早逝，留下一大筆遺產，而且他身材高大、相貌俊美，臉上有兩顆深深的酒窩，笑起來很和氣，我真覺得天下所有好處都讓他給占了！認識他之後，才知道「王子」不只存在於童話故事，是真有其人！

這樣的彼得，兩個月前找我聊天，他說，「我們認識這幾十年，你覺得，我是個好人嗎？」

我說，「你是不是好人我不知道，但你絕對不是壞人啊！怎麼了？」

他顯然對這個答案不甚滿意，面帶愁容的說，「這兩年，我的人生好像開始走下坡了！」

我想，一輩子站在山巔、頂峰，彼得可能面臨初老、也有了男性更年期的憂鬱。問他，「罩不住你女朋友啦！」

他訝異的回，「你怎麼知道？」

我說，「哎！都寫你臉上了！」

彼得四十年前移民美國，他很絕，一輩子都在搞「雙城人生」，台、美兩地飛，在美國時，他當好老公、好爸爸，到台灣則變成單身漢！就我們這些老友所知，這些年、他女友不斷、遍布全台，真像個白馬老王子，騎著馬到處跑。

這兩年彼得特別愛台南，一兩個月就去一回，我碰巧知道他去台南的理由。

台南是台灣南方第二大城，也是台灣最早發展的城市，有「府城」之稱。台南人喜歡吃、大街小巷都是大排長龍的美食店，你若問當地人推薦哪家名店好吃，他們一定會說，「我家巷口那家最好！」這就是台南人的自豪。去年我去台南玩了一趟，彼得特別跟我約見面，獻寶似的要帶我去一家咖啡店。

這家小店在一條老街上，是老房子透天厝改的，近年台南盛行老屋革新文化，將傾頹老屋保留老結構，改建為美麗小店。老遠就能聞到店裡飄出來的咖啡香與蛋糕香，推門進去、滿眼綠意，透天厝的天窗、灑下一地的溫暖陽光。

在開放式廚房裡有個女人挽起長髮、露出美麗纖長的脖子，穿著白色T恤、卡其七分褲，套了件白圍裙、綁出纖細腰身，正在抹鮮奶油裝飾蛋糕，看起來自信高雅又幹練。

她看到彼得，揮揮手，繼續專心抹蛋糕。蛋糕做好之後，女人主動走過來，靠著彼得，將手輕輕的放在彼得厚實的肩膀上，唉呦！我就知道他們的關係了！

彼得介紹，「這是Sara！」

我說，「難怪！」

彼得說，「難怪什麼？」

我說，「難怪你天天跑台南！」

我們一同說說笑笑，喝完咖啡，正準備付帳離開，彼得說不用！我本來以為他要在女友面前當大哥，由他來買單，沒想到他根本沒付錢！又對Sara揮揮手，就隨我一同離開。

我問，「這樣好嗎？」

還記得那時候彼得帶著點驕傲的語氣說，「哎呀！自己人！」

我觀察彼得、觀察了一輩子，發現他之所以這麼吃得開，除了外表保持得不錯，還有一個主要因素，是他身上的異國情調。

彼得二十多歲到美國留學，就留在美國生活，五十之後，儘管沒年輕時的逼人帥氣，卻更像個紳士。他握手很有氣派、笑起來兩個酒窩、眼神誠摯，就像個親切的成功人士。他尤其愛對還不那麼熟的朋友說，「我住美國！」「來美國找我玩啊！」婆婆媽媽們特別喜歡他，而三十歲到四十五歲的熟女更是他的TA、目標族群。

而且「台灣最美的風景是人」，台灣人很熱心、普遍樂於幫助外國人，彼得打著「剛從美國回來」身分，到哪裡都很快能找到人「照顧」他。像台南的Sara……。

這天彼得滿面愁容的告訴我，Sara忽然鐵了心要分手，還說了很重的話，讓他受到打擊。

我問，「怎麼了？她說什麼？」

彼得說，每次他到台南，到旅館check in，就打電話給Sara，Sara都會主動過來。兩人可以幾天不出門，三餐全叫room service，連衣服都不需要穿上，等時間差不多，揮揮手，他就走了！

過去這樣都沒問題，可是這次，Sara看到彼得只穿了件內褲就開門，當場發飆，彼得還學她講話，「你到底把我當什麼？整天就想關在房間裡！我們不能先出去好好吃個晚餐嗎？」

彼得是個很溫和的人，少有人嗆他，一時不知道該怎麼回應，還是好好的安撫她說，「別氣別氣，這樣吧！妳安排時間來美國找我，我帶妳去玩！」

此話一出，Sara更是新仇舊恨湧上心頭。其實去美國沒什麼了不起，Sara周遊列國的經歷未必比彼得少，但她去年跟彼得約好、搭了十幾個小時的飛機專程去找他，彼得卻突然失聯，過了幾天，彼得才打電話給Sara，「哎呀！妳在LA啊！我在紐約！」讓Sara氣炸！

彼得早忘了曾在洛杉磯放她鴿子的事情，但Sara可沒忘，看到彼得又是一副大老爺來度假的態度，忍不住大發飆，當場分手！

Sara還說，「你要來就來、要走就走，每次見面，連個禮物都沒帶！光想上床！我是妓女嗎？」彼得說，他聽了好心痛，不懂Sara為何要這樣說話，還問我，「我真有那麼壞嗎？」

我問，「你真沒帶她出去玩過？沒送她禮物？一見面就光想著把人家衣服脫光……」

彼得說，「哎呀！你不能光看結果啊！這裡是台南，她比我熟，我怎麼帶她玩？禮物能亂送嗎？送得不好、不如不送！而且人與人之間，最重要的是感受，我怎麼知道她會把禮物看得這麼重！」

我搖搖頭，Sara絕對沒想到，這位「老馬王子」談起戀愛，居然這麼小氣！

剛認識彼得時，我覺得彼得做人挺大方，談起話來頭頭是道，風度很好！出社會後，漸漸發現彼得好像沒那麼大氣，尤其牽涉到錢，他特別保守。好比我們有個好友要投資經營百貨商場，彼得把所有條件都談好了，關鍵時刻卻臨時退出，資金突然空了一咖，把我好友逼得差點一夜白頭！

我那時首次發現，儘管彼得家裡很有錢，他對人情世故卻頗生疏，他完全不知道自己撤資可能毀了朋友這五年的心血！因為他一直都是家裡的王子，不需要照顧到旁人的感受。

但我不認為他是個壞人，因為彼得很nice，也是我所見過最孝順的兒子。他爸爸早逝，媽媽從小把他當寶，彼得只要在媽媽身邊，一定會牢牢的牽著媽媽的手，至今如此。

彼得媽媽理財原則是「守財優先」，希望把家產代代相傳，也許正因如此，彼得不是小氣，而是習慣「守財」。他可以在期貨市場裡靠冰冷數字殺進殺出，但對於投資真正的生意、牽涉到活生生「人」的合夥生意，始終瞻前顧後、下不了決心，就像他對感情始終下不了決心。

彼得談到感情，曾說，「曾經滄海難為水啊！」外人會以為他錯過畢生至愛，因此遊戲人間；但我們這些老友知道，他初戀就遇到性格剛烈的女友，分手時一哭二鬧三上吊，彼得費了好大功夫才全身而退。此後彼得談戀愛總是若即若離，不怕女友分手、就怕女友不分手，面對感情他從不主動積極、更不經營關係，就怕太黏。

彼得四十歲那年，終究還是結婚了。老婆莎莎小他十四歲，是美國名門大學NYU的MBA，還生了兩個孩子，從此過著幸福快樂的日子。

孩子上小學時，彼得叫老婆帶小孩回台灣上學、定居，名義上是讓孩子打好中文基礎，順便照顧老媽；但他還是一半時間在台灣、一半時間在美國，自由自在。

等孩子小學畢業，老婆孩子再搬回美國、他又來台灣，美其名是照顧老媽，實際上，還是為了自由自在。

這天，我安慰更年期發作的彼得，「分手也好，就早點回美國去陪陪老婆、看看孩子啊！」

彼得臉上的表情更冤了，「孩子都上大學，家裡就我跟老婆，你不知道我老婆最近的臉有多臭！我到底做錯了什麼？我真有這麼壞嗎?!」

我說，「哎呀！你以為好人的老婆就會笑咪咪啊？我告訴你，全世界的老婆都能找到一千種不開心的理由！跟老公好壞無關！不過，你們空巢期，真該找點事情一起做，不然夫妻很快就無話可說了！」

彼得說，「我有啊，無論老婆做什麼，我都在旁邊激勵她，『哎呀！謝謝！妳做得太好了！』『妳做的菜真是太好吃了。』『妳把小孩教得真好！』這種話我隨時都說，她還是臉很臭！」

我說，「奇怪，你的讚美聽起來，好像這些事情都跟你無關！那你會帶莎莎出去玩？會送點禮物嗎？」

彼得說，「老夫老妻了為什麼要出去玩？晚上關在旅館房間，大眼瞪小眼，多尷尬！而且老夫老妻還送什麼禮物？無論她刷卡買什麼，都是我付帳，這不跟我送的一樣！」

「你老婆不抱怨嗎？」

「上回她說，我把她當管家！廚師！就是沒當成老婆！」

哎呀！我還以為彼得會對老婆好一點，沒想到他對老婆跟對Sara一樣，一視同仁！看來彼得不管在太平洋的哪一端，都只在乎自己，全世界應該只有他媽媽受得了他的「自我」。

我這才恍然大悟，彼得的「症狀」不是小氣、不是守財，而是根本不懂做人！

做人不難，只要懂得大局，而且要懂什麼場合該送什麼禮物。

但通常男人要做過業務才比較懂得禮尚往來，要不然，就要靠老婆細心提點，對上司、對同事、對朋友的禮數不可少，因為禮多人不怪。可是，彼得的老婆再體貼，也不可能提醒他，「彼得，你要多送點禮物給情婦，畢竟我不在你身邊的時候，她幫了不少忙！」這像話嗎！……難怪啊！

我說，「彼得，如果你想往後日子好過一點，真要學著營造一點情趣啊！多帶老婆出去走走，加州NAPA有不少葡萄酒莊，一路品酒，到晚上保證喝醉，直接睡覺，一點都不尷尬。很適合你們！」

彼得說，「好主意！」他立刻上網查了葡萄莊園的住宿，嘀咕了一句，「這麼貴！」我忍不住說，「老兄啊！人家的青春、人家NYU研究所的學費多貴，畢業了就全心幫你顧家養小孩照顧婆婆，這樣吧，你就當成是二十年一次的員工旅遊，一點都不貴！」

我還記得那天彼得說，「這樣想，倒是不貴！」

後來發生了一件大事，讓彼得的更年期有了轉折。

最近見到彼得，問他酒莊去了沒，他說沒有，因為他準備發短信邀請老婆去酒莊的時候，反而接到了老婆的短信，簡單寫著，「你回來，我們談一談！」

他回家，發現老婆已經把文件都準備好，跟他談離婚！

我說，「哎呀！怎麼會這樣！那你怎麼打算？」

彼得說，「我能怎麼打算？她說她想離婚，已經想十年了！可是她完全沒提過，我怎麼可能知道她這麼不爽！」

我說，「哎呀！我看，你趕快帶她去玩一趟，臨時抱佛腳、彌補一下！」

「我跟你想得不一樣！」彼得說，「我倒覺得好險，好在沒去！如果去了，還是要離婚，那不白花一筆錢！」

我說，「你啊！你沒救了！」

這是我朋友彼得，老媽寶、老帥哥、老馬王子的故事，都不是我的事！後來我發現，彼得什麼都有、什麼都不缺，唯一，就是缺心眼！男人老了，還缺心眼兒，怎麼辦？麻煩喔！

18 他看的最後一場脫衣舞

今天，要來說的是我的一個老朋友，住在眷村的長輩，王大大的故事。

王大大是我爸在空軍的長官，跟我爸同宗、都姓王，也特別照顧我爸，是很老實的天津人。明明是我爸的班長，卻樂於配合我爸「吹牛」。

三十六年，我爸當時在北平南苑機場當空軍，想追我媽，還特地與王大大串通，他帶我媽去北京紫禁城旁的紅樓戲院，拜託王大大只要一看到我爸帶著我媽，就敬禮說，「長官好！」

那天我爸帶著我媽散步來到了紅樓戲院，爸爸穿著空軍的制服，脖子上還打上一條自己用空軍報廢降落傘裁製的圍巾，看起來真帥，穿著軍裝的王大大老遠看到這一對，立刻舉手敬禮，對著小兵爸爸大喊「班長好！」爸爸還很鎮靜的點頭回應，這下媽媽可深信不疑，身邊這個愛使壞的男生還真是個貨真價實的「長官」呢！

就這樣，我爸成功追到我媽，後來才生出我們這麼一大家族，因此王大大真的是「功在我家」！

王大大個性很好，是個一八二公分高的大漢，方頭大耳、相貌堂堂，他單身來台灣，後來眼看短期內無望返鄉，眷村裡熱心鄰居開始幫他介紹對象。剛好有個同僚帶著妹妹來台灣，眼看妹妹快二十歲，當時習俗是過了二十就是老姑娘了，於是介紹雙方相親。

王大大一表人材，相形之下，我的女大大相貌真不怎麼樣，她的外號是「小眼」，因為眼睛真的很小，就像臉上用刀子劃了兩個小縫，小到看不見。

王大大是天津人、都市人，女大大是鄉下人，其實不太相配。見面之後，介紹人問男大大，「怎麼樣？好不好啊？」男大大單看女大大的外表，內心應該是不願意的，但基於男士風度並沒有表示意見。

媒人又問女大大的意見，傳統女性也不宜對婚事表示意見，就這樣，他們就結婚了。因為沒有人說「不」，就是「好！」的意思。

婚後男大大發現女大大除了相貌不佳、還很愛罵人，但有個特別好的優點，就是手藝好！我女大大什麼都會作，餃子、包子、各種麵、還會煮杏仁茶、酸梅湯！

當時軍人普遍都窮，家裡多半都生了三、四個孩子，每家媽媽都要想辦法經營點副業、賺點錢貼補家用。

我媽手工好，專門幫皮鞋加工；王大大家則靠著女大大的手藝，賣起各色小吃。他們開過麵攤、賣過燒餅、賣過杏仁茶，後來在市場裡的第一個攤位賣起包子，一炮而紅，一路賣到現在。在嘉義市區有了自己的店面，第二代、第三代都加入賣包子，成為嘉義出了名的包子店。

早期包子店開在市場裡，他們家一早天沒亮就開始準備，用新鮮豬肉剁餡、手工擀皮，皮薄餡多，特別好吃，每次一起鍋，那大蒸籠蓋一掀，漫天翻騰的熱氣、香氣，口水也跟著滴下來。而且他家店裡的「志工」特別多，都是老客人，一早就拿個水杯過來，沏壺熱茶，幫著我女大大裝包子、送包子給客人，志工們自己拿包子、吃包子，但也付錢，純粹聚在一起熱鬧熱鬧、打發時間，順便評論一下時事、分享小道消息。

這裡也是我們省立嘉義中學的學生上學的必經之路，上學買兩個包子當早餐、中午翻牆出來再買五個當午餐，我們都稱這裡是「吵架包子」。因為矮個子的女大大永遠在罵我高大的男大大，男大大總是沉默挨罵，已經成為買包子固定可以觀賞的行動劇。

我女大大罵起人行雲流水、創意十足，毫無忌諱而且量身訂做。

每次見到我，就說，「你這小子是豁子啃西瓜。」我問她，「是什麼意思？」她說豁子，就是牙齒之間的縫隙很大，這樣啃西瓜，會留下一條條的咬痕，所以「豁子啃西瓜，道多！」是說我很會找方法、想門路。看到老鄰居吃得開心，她罵「你們這些老變態、還不快死！」被罵的老變態們個個笑呵呵，繼續吃包子、喝茶！

來的是婆婆媽媽們，她也照罵，「整天在這裡閒磕牙，快回去做事！」

女大大當然沒少罵老公，而且她整天邊賣包子邊罵老公、越罵越激動，顧不得數包子、越裝越多，算帳全憑感覺！嘉中學生普遍老實，拿了包子會數一數，遞給女大大看，「王媽媽，我買五個，妳給我六個了！」

我女大大斜眼看他一下，冷冷的說，「你他媽這麼大個，吃五個夠嗎？拿走！」

這就是所謂的，刀子嘴、豆腐心，熟客能被她罵上一頓，全身舒坦。而且我女大大最厲害的功夫就是可以叼根菸照樣擀麵、剁餡、包包子，那嘴上菸灰越積越長，怎麼動都不掉！絕活！不過，我們就不研究衛生問題了。

照理說包子店生意這麼好，王大大家應該可以存下不少錢，但我男大大愛賭，女大大屢罵不聽，她發狠說，「你賭！……我也賭！」所以……不過他們很熱心，村子裡誰家有急需，王大大一定會幫，很重感情。

王大大每天中午忙完生意之後，騎著老腳踏車，悠閒悠閒「舒壓」去。他可以在嘉義市大街小巷許多角落找人跟他賭一把，一個講天津話的老兵、夾雜在一群講閩南語的賭徒之間，一點都沒有文化差異，還有些時候，他會去看「牛肉場」！

那時我們嘉義東市場那裡有個戲院，專跳脫衣舞，當時台灣人稱為「牛肉場」，其實看的是人肉。管區當然知道這掛羊頭賣得是什麼狗肉，也會在旁邊站崗，有時候站一站，意思到了就走了；有時候卻死不走，觀眾只能意興闌珊的看著不甚精彩的唱歌跳舞，等老半天，警察終於走了，觀眾還集體鼓掌表示感謝。

我為什麼知道呢？因為村裡有個哥們也愛看脫衣舞，都是他告訴我的。有時候他會在戲院裡遇到叔伯，好比王大大就是常客，他尷尬得不知道該不該打招呼，有次還遇到我這哥們的親爸，他趕緊說聲，「爸！」然後就閃開了。

我王大大就喜歡這些，我相信女大大也知道，可是怎麼管？沒法管，只好由著他！

一天夜裡，女大大跑到我家擂門，「志剛志剛，你大哥不好啦！」我們同宗，爸爸都喊王大大「大哥」，我爸趕緊穿衣開門問女大大，「怎麼這樣？」趕去看，才知道王大大已經走了！

後來拼拼湊湊才知道，原來這天下午，我男大大又跑去看脫衣舞，看完還是悠閒的騎著腳踏車逛來逛去，不知為何摔倒了，頭上磕破皮，他也沒放在心上，結果回家一陣子之後就昏了，沒過多久，呼吸就停了。

女大大傷心欲絕，她哭也哭得不帶脂粉味，像個漢子一樣一把一把的用手掌抹臉、抹眼淚，椎心嚎哭著。其他人想起王大大居然是為了看脫衣舞才跌倒，像是悲劇當中的喜劇，哭著哭著又笑了起來。

我姊跟王大大家的女兒感情特別好，看女大大哭得傷心，問她，「女大大，您整天罵男大大，您到底愛不愛他啊！」

我女大大又罵了一句，「他媽的我不愛他，幹嘛一輩子罵他啊！」

這真是我所聽過最浪漫、最火辣的一句情話了。

男大大與女大大就是對歡喜冤家，男大大身材高大，可是個性比較溫和、細心；女大大則女人男相，尤其年紀大了以後，一頭銀色短髮，從背影看，真像個老先生！兩人一柔一剛、一水一火、一高一矮，本來我覺得他們這麼不同，感情應該好不起來！但沒想到，女大大一直深深地愛著我男大大，罵，就是她愛的方法，越愛、越罵。

男大大走的時候大概才五十出頭，後來女大大領著一家大小繼續賣包子，夏天加賣酸梅湯，一路賣到八十歲才退休，由兒女接班繼續開店。

還記得我爸過世時，我們抬棺陪著爸爸走最後一趟他天天走的路，經過市場時，女大大手上舉著兩個包子大喊我爸的名字，「志剛！志剛！」那一幕，深深刻在我的腦海中。

後來演出舞台劇《寶島一村》，我還把王大大家的包子寫進戲裡，每次演完散場，劇團會發送包子給全場觀眾，就是向王大大家的包子致敬。〇九年回到嘉義演出，特別預定了王大大家正宗包子送給觀眾，結果我女大大看到我，先打一巴掌，又是一陣飆罵，「你這小王八蛋！一個晚上作兩千個包子，想累死你大大！」那一巴掌，火辣又情深，是任何天王編劇都寫不出的感情戲啊！

這，是我王大大的故事，也是我女大大的故事。

19 經常上夜班的空服員

今天，要來說說我的朋友凱文的故事。

凱文是個外商航空公司的空服員，但他不是空勤、是地勤，負責在櫃檯接待客人、核對簽證、登機證、託運行李。他最大的特點就是相貌極度帥氣，還記得二十年前第一次看到他，他眼珠是藍色的，我還好奇問他是不是有洋人血統。

後來發現凱文沒有外國血統，藍眼珠只是因為戴了那時還極為少見的藍色隱形眼鏡，但他確實有些外國情結，在外商航空公司上班，英語幾乎聽不出台灣口音，很嚮往外國。

他的老婆文芬沒他那麼好看，矮矮胖胖的，皮膚白，但我們不會說她「皮膚白皙」，根本不會費神形容她的相貌，因為跟帥氣的凱文站在一起，眾人只會注意到高大的凱文以及他臉上爽朗的笑容，根本不會注意文芬！倘若注意到，還會嚇一跳，「哎呀！一點都不配啊！」

不過文芬根本不介意這些奇特眼光，別人是追星族，她則是追夫族。文芬沒讀大學，商職美容科畢業，十八歲就去百貨公司當化妝專櫃小姐，她長得不漂亮，但親和力強，很喜歡幫客人化妝，邊化妝邊講解技巧，很多客戶一試成主顧！而且文芬不看外表挑客人，她曾經告訴我們，不要小看歐巴桑，很多看來不起眼的中年婦女，保養品一買就是一整套！讓文芬業績特別好。

也許正是因為文芬因為沒讀大學，一直有「大學情結」，很想交個大學畢業的男朋友，最好是個帥哥。

凱文則是她朋友的朋友，兩人初相遇時，凱文還沒考上空服員，不修邊幅，騎個摩托車，很不起眼，但在一屋子人裡，文芬第一眼就覺得凱文最高大帥氣，而且大學畢業！頓時對他產生無比好感。凱文則聽朋友提到文芬有個哥哥，已經在美國工作十年，正在申請帶文芬全家移民！也立刻對文芬獻殷勤。兩人一拍即合，不久就決定結婚，那年文芬才二十二歲、凱文也剛滿三十。

婚後文芬開始改造老公，用自己在專櫃賣化妝品的獎金，幫凱文買了兩套正式西裝、選了一衣櫃適合凱文的服裝，還買了輛四手的BMW！

姊妹淘有點擔心文芬剛結婚就出手太大方，未來會吃虧，趕緊勸文芬，「不能太寵老公，慈母多敗兒、寵夫一場空！」文芬笑著說，「當老婆的當然要支持老公、信任老公啊！」而名車、西裝果然讓凱文立刻體面不少，自信心大增，很快考上外商航空公司，雖然分數不到空勤，但他當地勤也當得很開心。

有了凱文這帥老公，文芬也自信心大增，業績越來越好，幾個大檔期做下來，把品牌拼上百貨公司業績最高的櫃王！很快就有精品公司以高薪挖角她，要她服務頂級客層，幾年下來，她的收入已經遠遠超過老公空服員的月薪。文芬負擔所有家用，包括他們買的房子，因為凱文的薪水全都花在他自己身上。

文芬的朋友聽了又有意見，「男人不養家，怎麼叫男人呢！」

文芬又幫凱文，「他們的圈子比較看重外表，花點錢買點好的東西，也是必需品！」

好在凱文常運用航空公司福利的員工免費票與眷屬票，帶文芬與孩子出國。一家四口的出國機票錢，頂多就是一個正常旅客的票價，所以他們到處玩，兩個小孩都超有世界觀，語言能力也強，主動學英文法文和日文！

但最近一兩年，文芬發現凱文不再主動說要帶他們出國，她想度假，凱文都說公司面臨廉價航空的挑戰，大量增加紅眼班機，不方便請長假；而且班表越來越晚，幾乎天天大夜班。

文芬跟姊妹淘聊天講凱文的班表，有個朋友說，「奇怪了？我有個朋友也是地勤啊！我記得他們地勤夜班是輪流的，一個月頂多一兩次，不會天天大夜班啊！身體會吃不消的！」

文芬趕緊解釋，「他們公司同事都喜歡找凱文換班，凱文也覺得他的生理時鐘習慣晚起，上大夜班沒有適應問題！所以有求必應！他在公司人緣可好了！」

文芬繼續說，「有時候我休假在家，他上夜班之前，還會抱著我，從頭親到腳才肯出門！」這番話讓幾個已婚朋友紛紛露出羨慕的表情，結婚久了，誰家老公還來這套啊！

其實文芬偶爾會收到朋友的警告，說看到凱文在哪裡哪裡跟個女人怎樣，文芬都說，「怎麼可能！他都在上夜班！不會啦！」非常信任老公。

但是，這一天總會來臨的。

文芬有天休假，早上起床，忽然想吃香港的鏞記燒鵝，想起那鵝腿的香滑，還有外皮的酥脆，越想越饞，家裡還有凱文航空公司給的免費眷屬票，心想凱文總是忙，這眷屬票再不用就過期了！她決定自己去趟香港，早去晚回，吃完燒鵝還能逛逛街、再吃個菠蘿油，然後排晚班機回台北就好，還不必打包行李！越想越開心，拿著證件就出發。

到了機場，凱文不在櫃台上，文芬拿出眷屬折扣票等著補位，沒想到櫃台小姐告訴她這票不能用！

文芬說，「還沒到期啊？是沒有位子了嗎？」

小姐客氣的說，「根據公司規定，員工離職之前，必須要把票使用完畢！您的票，已經過期六個月了！」

「什麼？我老公還在上班啊！哪有離職！我老公就是凱文啊！你不認識嗎？」

「可是根據我的電腦資料，您這張票的員工代號已經在六個月前註銷了！」

文芬頓時腦袋一片混亂，怎麼可能呢？她馬上打電話給凱文，手機不通。恰巧凱文的長官關Sir出現，文芬趕緊拉著關經理問，「關Sir，你知道凱文在哪裡嗎？」

關經理當然認識文芬，他略略遲疑的說，「文芬，怎麼了？」

文芬像找到了大海的浮木，拿著眷屬票問關經理，「櫃台說這張票已經不能用了！」

關經理帶著文芬到辦公室，還幫她端了杯咖啡，慢慢的解釋，「根據公司規定，凱文離職之後，票確實就不能用了！但凱文的狀態特殊，我們特別寬延一個月。」

文芬問，「凱文今天還上班啊！沒有離職啊！」

關經理轉身到座位拿出一疊資料，翻出凱文的紀錄，「妳看，他六個月前就離職了。」

文芬震驚的說，「他……他沒告訴我，而且他天天都上班！他今天也出門上班啦！難道他換公司沒告訴我？」

關經理說，「你真不知道？我們接到檢舉信，他與一個空服員有不專業的往來，影響公司名譽，我們調查發現確實如此，才請他們兩人立刻離職。」

文芬喃喃念著「不專業的往來……」那一瞬間，她的美好世界全面崩解，她只想吃隻燒鵝，沒想到，卻吃了個大鱉！

凱文回家後，面對文芬的質疑，知道再也瞞不住，才和盤托出。

原來凱文這半年的「大夜班」，只服務一個對象，就是空勤的同事Lisa，他們連彼此傳訊約會都正經八百的寫著「凱文，明天可否代大夜班？」「好的！」這就是兩人約會的暗號！

儘管文芬愛面子，她還是沒法若無其事延續這充滿謊言的婚姻，她一想到凱文出門前還特別對她從頭親到腳，一離開家門，卻立刻投入別的女人懷抱，徹底催毀了她的美夢。

後來文芬帶著兩個孩子離開老家、搬去新的房子。幾輛搬家卡車載著滿滿家具離開後，母子三人站在公寓大門外，抬頭看著他們住了二十年的三樓窗戶，那裡曾是他們充滿笑聲的家，現在人去樓空。

兩個兒子的眼淚不停地滴下，但他們只是很男子氣概的擦了擦眼淚，文芬摟著他們的肩膀說，「不要怕！媽媽會堅強的！我們會堅強的！」

一直到上了車，文芬才忍不住放聲大哭，兩個兒子抱著她，哭成一團。文芬擦乾眼淚後，下定決心要改頭換面，奮發向上，重新出發！

文芬認為既然已經跌到人生谷底，就沒什麼好怕的了！她一直想整容，沒多久就找上整型醫師做了新的下巴，還修整凌亂的牙齒，把原本的大餅臉做成鵝蛋臉，文芬發現，「心痛」與整容後復原期的疼痛比起來，其實微不足道！

而整容的附帶好處是沒辦法正常進食，三個月下來，文芬整整掉了二十公斤！等她完全復原、再出現在大家面前，已經變成了身材姣好又豔麗的美女，很多姊妹淘都認不出她來！直到聽見她的聲音，才知道眼前這個美人，原來是文芬！

重生後的文芬體會了一個重要的道理，過去的失敗，是因為她相信身邊一定要有個帥哥，自己才有價值；走過這段生命谷底後，她知道自己就是最大的靠山，她可以為了自己奮戰到底，根本不需要男人來錦上添花！

此後文芬又開始綻放光芒，還遇到很棒的男人，有了一段很棒的感情；只是她覺得這個很棒的男人頭髮少了點，皺紋多了點，立刻帶他去植髮還有電波拉皮！

而且文芬整容整上癮，此後變成「整容達人」，看到任何人都會很誠懇的告訴對方，「你很好看，但是眼角可以去拉一拉，就更好了。」「你看，下巴墊一下，就更好了。」或是「脖子上這圈火雞肉，可以打個肉毒。」最近很多朋友一看到文芬就躲個老遠，深怕又被她品頭論足，說得一無是處。

她對任何人的臉都有意見，包括我，「你看你看，你的眼袋，早就該抽了！怕痛的話我可以介紹漂亮又細心的醫生給你！」

我立刻告訴文芬，「不了，我的眼袋裡有很多油脂，將來能源危機的時候，我打算用這些油幫台灣發電兩天兩夜！」

文芬活得熱熱鬧鬧，反倒凱文像隱形一樣，徹底消失在我們朋友圈。後來輾轉聽說他又遇到了一個願意幫他買車的老富婆，繼續過著不知道該怎麼形容的人生……。

我想提醒各位男性，千萬不要惹惱女人，更不要瞧不起歐巴桑，因為女性的重生能力跟浴火鳳凰一樣，你把她惹火了、點著了，她會燒得你滿頭包，然後自己變得更燦爛。

這都是我朋友凱文的事，都不是我的事！

20 那些年我們一起追的女神

各位好，這世界上男男女女，都有祕密，今天我們來說些祕密，而且今天這祕密，不是我朋友的事兒，真的是我的事。

不過，這祕密還是跟我朋友浩哥有點關係，一點點關係。

我的朋友浩哥是個媒體人，我們很投緣，我欣賞他有才氣但不帶酸氣，正直而爽朗，每年總會約個幾次喝酒吃飯批時事，其樂無比。

浩哥有一陣子迷上打高爾夫球，我常約他打球，從台北開車去球場，一路上談談笑笑，很愉快。其實幾個老男人聚在一起，總是聊女人，這天我們在路上聊到自己喜歡過的女人。

浩哥小時候住在雲林斗六，當時他爸爸在斗六糖廠工作，有個世交伯父在斗六法院工作。浩哥語氣輕快的提起這位世伯有個女兒，很漂亮，逢年過節總會到他家走動，他從小一直默默喜歡對方，可是後來女孩全家搬到嘉義，這段暗戀也就無疾而終了，聽來頗為惆悵。

但我卻有種似曾相識的感覺，尤其聽到「法院」、「嘉義」，忍不住追問那女孩子叫什麼名字，他說，叫小米。

賓果！因為小米我也認識，而且當年小米就是從他的世界，搬進了我的世界。我說，「小米，我很熟啊！她是我初戀的馬子！」

浩哥可激動了，「什麼!?什麼！停車停車！你給我交代清楚！」

那時我們已經打完球，剛離開球場，我就靠邊停了下來。

「下車下車！」

我還沒看過這位向來優雅的老兄如此氣急敗壞，他在路邊深深吸了一口氣說，「你給我講清楚！說清楚再走！」

於是我就告訴他下面這個故事。

各位可能會覺得這個故事似曾相識，因為台灣作家九把刀曾經寫過「那些年我們一起追的女孩」，裡面有個沈佳宜，是男主角跟他的同學們共同的暗戀對象，我的這個故事也有個大家都想追的女神，只是，得改成「五十年前，我們分別追的女孩」，我還真不知道浩哥在我認識小米之前，就已經暗戀她很久了。

話說天下合久必分、分久必合，小米離開斗六、搬到嘉義，浩哥固然傷心失落，卻讓嘉義所有高中男生都開心起來。小米轉進嘉義的私立宏仁女中，美麗的女孩不必宣傳，很快的，附近的男生學校都知道女中來了個轉學生，叫小米，很多人為她著迷，把她當成自己青春期的一個印記、一個祕密。

小米功課不好，她英文、數學、物理、化學都要補習，嘉義幾家有名的補習班，她都報了名，因此更多外校生認識她，但大家都不敢追，覺得她太美、太遙遠。

不過，他們不像我這麼幸運，因為小米每天都會到我家隔壁。我家隔壁的黃妹是小米的學姊，功課不錯，小米每天一下課，就騎腳踏車到黃妹家，跟黃妹一同溫書，黃妹也會幫她劃重點、為她仔細講解。我家走十步就到黃妹家，透過黃妹家竹籬笆，可以清楚看到兩個女孩頭湊在一起研究功課。那時我也才高中，對這漂亮女孩一見傾心，整天拉哥們小黃，在我家門口等著她來。

我家門口的巷子奇窄，大概就八十公分寬，我一放學回家，就豎起耳朵聽著，一聽到小米騎著腳踏車來了，我呢，不慌不忙，拿顆橘子，靠在窄巷牆邊剝橘子、慢慢吃，看著她低頭推著車子進黃妹家院子。

但我從不敢從她面前與她交錯而過，總覺得她太美，我們真攀不上。但只要小米一來，我就頻頻經過黃妹家門口去上公廁，而且放慢腳步、用極慢的速度走路、邊走邊吹著破口哨，就想讓小米抬頭望我一眼。

去一趟、回一趟，總之，小米一到黃妹家，我的尿特別多，來來回回可以跑十多趟，就像動物求偶，展開翅膀在心儀對象旁邊跳來跳去、轉來轉去，就是不敢上前去說聲，「嗨！」

但我相信她一定接收到了我的求偶訊號，因為溫完課之後，她有時會左轉循原路離開，有時候，她會右轉、車子慢慢騎過我家門口，帶來一陣帶著香氣的風，輕輕拂上我的臉。這樣一陣風，就是她給我的回應，她彷彿用眼角餘光的餘光看了看我！我想，她應該有一點點在意我。

這種若有似無的感覺太美好了，什麼都沒說，但一個眼神，好像都說了。久了，她也知道我是誰，見到面也會點點頭，但我們還是一句話都沒講過。

我們這些男校學生每天談的就是女孩子，小米則是其中最吸引人的話題，有次我的同班同學提到要在大學聯考前最後的逍遙日子辦個郊遊，但是郊遊沒有女孩子很無聊，我故意裝做很屌的樣子說，「我可以約宏仁校花小米啊！我很熟！」

班上同學立刻起鬨，有人吐槽，「你少吹牛！」

我說，「真的！哪有吹牛！我天天見她！」

當然，所謂的「見她」有各種程度，我當然不會說我只是以「上廁所過路人」的身分「看到」她。

「那我們郊遊，叫她來！」

我還是露出理所當然、沒什麼好大驚小怪的表情說，「好啊！」

但是怎麼約啊？最後還是拜託黃妹傳話，其實我早跟黃妹講過我很喜歡小米，這次拜託她幫我問，小米願不願意跟我去白溪瀑布郊遊！

黃妹問完告訴我，「她說可以！」

我真沒想到她會這麼爽快的答應，這種感覺實在太棒了！後來看到小米來了，我也不客氣，直接當面跟她打招呼、約時間地點，她笑著跟我說話，聲音好好聽，我整個人都是暈的！

喜孜孜的回到家，我媽看我一臉賊笑，問怎麼了？我立刻跟我媽說，「媽！小米答應跟我去白溪瀑布郊遊！」

我媽也很高興，他們幾個常在巷口聊天的眷村媽媽們，都覺得小米又漂亮又有禮貌，黃妹第一次帶她到家裡，曾跟她介紹過這些婆婆媽媽，後來她每次經過媽媽們聚集的大榕樹底下，總會一個一個打招呼，「王媽媽好！」「李奶奶好！」禮貌非常周到，所以這些媽媽們都對她留下了極好的印象。

我媽高興到立刻煮一大鍋酸梅湯，讓我郊遊的時候，可以帶著一水壺的「王家祕制酸梅湯」，跟小米分享。

郊遊這天，我先騎腳踏車去載小米，她坐在後座、輕輕抓著我的腰，我感覺整條街的年輕人都在看我們，整個人跟著輕飄飄了起來。我們把腳踏車寄在嘉義火車站，那時候還有專門寄存腳踏車的停車場，有人看著，停好給個票，回來憑票取車，車就不會丟了。

接著，我們搭著公路局巴士到曾文水庫，我那些同學們躲在旁邊偷看，發現我真把小米帶來了，一個個都露出驚訝、驚喜、嫉妒、難以置信的表情，真沒想到我這個渾小子居然不是吹牛皮！

我想，有必要跟各位描述一下小米的長相。

她不高，戴著眼鏡，但是眼鏡在她臉上一點也不醜，讓她看起來非常有氣質，而且她是個古典美人，眼睛圓圓的、鼻樑挺直、皮膚很白，不算瘦。那時候女生制服布料都薄，透過襯衫後背，可以清楚看到女孩穿內衣的式樣，當年民風保守，高中生多半都穿很土的半截背心形式的胸罩，但小米的背後、隔著白色襯衫，可以清楚看到「吊橋」，也就是貨真價實的胸罩！對嘉義的高中生來說，這樣的視覺效果實在太刺激了。

小米的身材有肉、該大的大、該小的小，穠纖合度，皮膚很白嫩細緻，為什麼我知道呢？因為，各位，我下了公路局的巴士，就牽到小米的手了！

當我講到這裡，各位可以想像浩哥臉上痛不欲生的表情，他咬牙切齒的說，「你牽到她的手！你憑什麼！你們到底交往到什麼地步！」

我說，「到三壘！」

「什麼是三壘？」

「本壘就是最後，三壘就是什麼都做了，就沒回本壘！」

瞬間，浩哥臉垮了下來，「不要臉的東西！你給我說清楚！」

白溪瀑布之後，我跟小米都進入高三下學期、聯考前的地獄期，整整半年就是考試與讀書。在聯考的大關卡之前，我跟小米看了場電影，之後再也沒什麼心情聯絡，就這麼度過了慘澹的高中最後半年。

聯考放榜，我上了台北的「最高」學府文化大學，並不是排名最高，而是地理位置最高，在台北著名的陽明山上。小米則大學落榜，考上了藝專，她不滿意，打算重考。

上大學之後，我聽說小米到台北補習，還曾打電話給小米，問她要不要過來看看我，她說好，但我猜她也許只是隨口說說，就像很多人說，「下回約吃飯啊！」卻從沒兌現過。

沒想到不久之後，小米真來找我，還記得那天已經傍晚，她搭了好久的車子總算到文化大學。我在校門口接她，帶她到校園裡逛逛，那天真是非常愉快、非常難忘的一個下午，我們逛校園、看夜景，吃點東西、喝了咖啡，還帶她到我的宿舍看看。

我那宿舍是個極為破爛、寒酸的地方，其實就是房子外面的陽台外推，一邊是洗衣台，另一邊還胡亂隔出個房間，房東放了塊床板，搭出一個勉強可以睡人的床。那房很窄很小，可是裡面住了我，還有另外兩個室友，三人輪流睡。

小米一到，我立刻把其他室友趕出去，要他們自謀生路。

浩哥聽到這邊，又咬牙露出了錐心刺骨的神情，他陰沉的問，「然後呢？」

我想，還是別拐彎了，很怕再描寫細節，浩哥會心臟病發，我就說，「然後，我就摸了她！」

這天晚上我問小米要不要睡在這裡，她就像隻貓一樣，貓在我的身邊，不過我們終究還年少、而且膽小，我們都不敢再往前一步，我只敢聞著她的香味、抱抱她、親親她、摸摸她。

至今四十多年過去，我還記得摸到她身體那一瞬間的感受，那種柔軟太驚人了！而且這麼柔軟、卻帶來強烈震撼！但我還是不敢，她也不敢往下發展，我們就這麼抱了一夜，直到天亮。

我還記得她在宿舍洗了自己的小內褲，還晾在房間裡，我看著自己簡陋的破房子裡居然有一條可愛的女生小內褲，有種超現實的感受，那天晚上，我整晚睡不著，感受到身心靈都飽受刺激，太開心了！

我好像聽到有人提問，「為什麼她要洗內褲？」

你管那麼多細節啊你！無聊！但我發誓，我真的沒跟她怎麼樣！

浩哥聽到這裡，深感兵敗如山倒，他忽然很仔細的盤問起小米到山上找我的那一天，到底是哪一天。我說了大概的時間，他撫著心口說，「那時候，她在台北補習，補習班下課之後，我還辛辛苦苦每天幫她補英文，沒想到，你卻輕輕鬆鬆的……摸到她了……啊！」

對浩哥來說，小米是他整個青春期的夢想，她離開斗六之後，他們通了好幾年的信。後來浩哥在台北上大學、小米在台北補習，相隔五年，浩哥可以再見到小米，而且竭盡所能的幫她補習，希望可以幫她一圓大學夢。

但萬萬沒想到，我這個痞子居然在數十年後，告訴他這場青春夢想的真相，就是「浩哥補習時、偉忠抱抱日」，我抱到了、他沒有！

浩哥萬念俱灰的問，「後來呢？你有沒有好好對待人家？」

小米跟我後來並沒有繼續交往，畢竟她還有重考壓力，而我開始在電視台打工，忙得連學校上課都不太去了！真沒時間「照顧」她。

後來聽說小米重考，結果又考上藝專，就是她本來考上的那個學校。她畢業後，過了幾年結了婚。之後再也沒有她的消息。

浩哥是個紳士，他飽受打擊之後，挺起身子告訴我，「不要臉的東西，你把車開走！我不坐你的車了！」

我說，「浩哥，這裡是林口，離台北還三十公里！」

跟各位報告，從林口開車到台北，也得半個小時，而且此路沒什麼計程車，如果浩哥沒叫到車，走路回台北，得走六個小時！但他這回真火了！人家是割袍斷義，他是下車斷義！

後來過了好幾個月、浩哥才願意再搭我的車。但他一上車就嚴重警告我，再也不准提起小米，只要我說小米怎樣怎樣，溫文儒雅、知書達禮、學富五車、才高八斗的浩哥，就會立刻把他所知道所有的髒話一口氣罵出來。

但浩哥真是個好人，我們一直是非常要好的朋友，有回我趁個氣氛很好的空檔，問他有沒有小米的近況，當時他答應幫我打聽打聽，至今已經又過了十年，沒有回音。

有句話說得很美，「人世間許多相遇，都是久別重逢」，只是我真不知道，我跟我這最好的哥們浩哥，原來早就追了同一個女孩！這緣分很特殊吧！

這些，是我朋友浩哥的故事，也是我的故事。

人生顧問 421

王偉忠：都是我朋友的事

——趁我還記得，一定要寫下來的男人鳥事……

作　　者—王偉忠、王蓉
主　　編—謝翠鈺
企　　劃—廖心瑜
資深企劃經理—何靜婷
封面設計—陳文德
美術編輯—趙小芳

董 事 長—趙政岷
出 版 者—時報文化出版企業股份有限公司
108019 台北市和平西路三段二四〇號七樓
發行專線—（〇二）二三〇六六八四二
讀者服務專線—〇八〇〇二三一七〇五
（〇二）二三〇四七一〇三
讀者服務傳真—（〇二）二三〇四六八五八
郵撥—一九三四四七二四時報文化出版公司
信箱—一〇八九九　台北華江橋郵局第九九信箱
時報悅讀網—http://www.readingtimes.com.tw
法律顧問—理律法律事務所　陳長文律師、李念祖律師
印　　刷—勁達印刷有限公司
初版一刷—二〇二一年五月二十八日
初版五刷—二〇二三年六月二日
定　　價—新台幣四二〇元

時報文化出版公司成立於一九七五年，
並於一九九九年股票上櫃公開發行，於二〇〇八年脫離中時集團非屬旺中，
以「尊重智慧與創意的文化事業」為信念。

王偉忠 : 都是我朋友的事——趁我還記得，一定要寫下來的男人鳥事…… / 王偉忠、王蓉作 . -- 初版 . -- 臺北市 : 時報文化 , 2021.05
面 ;　公分 . -- (人生顧問 ; 421)

ISBN 978-957-13-8669-0(平裝)

863.55　　110002298

ISBN 978-957-13-8669-0
Printed in Taiwan